»Es geht aufwärts mit der Welt. Endlich gibt es einen Tarifvertrag für die Strandesel von Blackpool. Nun warten wir noch auf kostenlose Physiotherapie für Störche mit verbogenen Schnäbeln (in den Niederlanden kommen pro Tag etwa fünfhundert Babys zur Welt) und natürlich die Verteilung von Zeckenzangen an Schafe. Wenn wir all das haben, ist die Welt perfekt.«

Gerbrand Bakker erzählt in *Komische Vögel* liebevoll, originell und witzig von allerlei Haus- und Nutztieren, von renitenten Wiederkäuern und anschmiegsamen Plagegeistern, von wundersamen Begegnungen und seltsamen Vorfällen und von Menschen, die im Umgang mit Tieren nicht immer die Überlegenen sind.

Gerbrand Bakker, 1962 in Wieringerwaard geboren, arbeitete nach dem Studium der niederländischen Sprach- und Literaturwissenschaft als Übersetzer von Filmuntertiteln und schloß eine Ausbildung zum Diplomgärtner ab. Sein Debütroman *Oben ist es still* (2008) wurde u. a. mit dem hochdotierten IMPAC Dublin Literary Award ausgezeichnet und in fast 20 Ländern veröffentlicht. Zuletzt erschienen die Romane *Der Umweg* (2012), *Juni* (2010) und *Birnbäume blühen weiß* (st 4170).

insel taschenbuch 4084

Gerbrand Bakker

Komische Vögel

Gerbrand Bakker
Komische Vögel Tiertagebuch

Aus dem Niederländischen von Andreas Ecke

Insel Verlag

Die Originalausgabe erschien 2009 bei Uitgeverij Cossee BV, Amsterdam, unter dem Titel *Ezel, schaap en tureluur. Dierendagboek.*
Einige wenige Texte aus der niederländischen Ausgabe wurden nicht in den vorliegenden Band aufgenommen, neue Texte sind hinzugekommen.

Umschlagfoto: Catherine Ledner

insel taschenbuch 4084
Erste Auflage 2012
Deutsche Erstausgabe

Vertrieb durch den Suhrkamp Taschenbuch Verlag
Umschlag: Michael Hagemann
Satz: Hümmer GmbH, Waldbüttelbrunn
Druck: CPI – Ebner & Spiegel, Ulm
Printed in Germany
ISBN 978-3-458-35784-1

1 2 3 4 5 6 – 17 16 15 14 13 12

Komische Vögel

Der Sohn des Hüttenwirts

Jetzt weiß ich, wer du bist.
Einsames Schaf
das uns von weit oben
auf dem Bergpfad gehen sah
unbewegter Späher.
Abends hinktest du
deine gelben Augen tränten.
Und doch warst du edel, dort oben.
Edel und herzzerreißend schön.

Betsie, Trudie, Trijnie und Bert

März 1995

Am zweiten Tag habe ich ihnen Namen gegeben. Ich saß an dem großen hölzernen Eßtisch in unserem Ferienhauswohnzimmer in De Knipe und arbeitete – oder tat so, als ob. Ich hatte Aussicht über das flache Land. Wenn es nicht regnete oder neblig war, konnte ich in einiger Entfernung Langezwaag erkennen. Aber das Dorf war es nicht, was mich interessierte. Ich sah nur diese drolligen, dicken Wollknäuel, die mal munter, mal schwerfällig über das matschige Land stapften; erst vor ein paar Tagen hatte es getaut. Betsie hinkte. Beidseitig. Wenn sie sich von ihrem Ruheplatz (einem Durcheinander aus Holzabfall und zerbrochenen Asbestwellplatten) auf den Weg zum Silagehaufen machte, dauerte es mindestens zwanzig Wörter (ich war gerade dabei, *Kramers Woordenboek* zu einem Taschenwörterbuch auszudünnen), bis sie dort ankam. Die anderen fraßen dann schon, und sie versuchte sich zwischen sie zu drängen und zu zwängen, um mit dem Kopf in die Nähe des Futters zu kommen. Wenn sie im Nieselregen vorüberlahmte und der Wind noch stärker wurde, mußte ich mich abwenden. Der Anblick war zu schlimm.

Sobald die anderen mit Fressen fertig waren, trotteten sie zusammen fort, während Betsie noch lustlos weiterfraß. Ich konnte ihr ansehen, daß es ihr keinen Spaß mehr machte.

Trudie war ein durstiges Schaf. Sie war die einzige, die ihre Mahlzeit regelmäßig unterbrach, um zu einem Tümpel zu gehen und zu trinken. Sie trank lange und, wie ich sah, mit gierigen Schlucken. Deshalb habe ich sie Trudie genannt.

Trijnie war das Oberschaf. Sie hatte den kleinsten und schmalsten Kopf, und trotzdem war sie das Oberschaf. Sie demonstrierte ihre Macht besonders gern, indem sie auf den Silagehaufen kletterte und in dieser erhöhten Position große Happen Futter herauszerrte. Die anderen fanden das anscheinend normal. Sie wunderten sich nicht einmal, wenn Trijnie oben kackte und pinkelte. Es war, als gehöre sie dorthin. Sie und nur sie hatte das Recht, jeden Winter wieder auf der Silage zu stehen. Und stehenzubleiben.

Am dritten Tag fanden sie einen neuen Silagehaufen vor, mindestens einen Meter hoch. Trijnie kletterte flink auf das frische Futter und bekackte es sofort. Ich strich Wörter und blickte zwischendurch immer wieder auf. Ich wollte nichts verpassen. Um vier Minuten nach elf fiel Trijnie vom Haufen. Sie trat ungeschickt auf, schwankte einen Moment, schien sich noch fangen zu können, kullerte aber schließlich auf Betsie hinunter. Alle waren verblüfft. Zuerst schauten sie einander an, dann schauten alle Trijnie an. Trijnie blökte nicht, meckerte nicht, sondern drehte sich resolut um und stapfte ans andere Ende der Schafkoppel. Ich habe sie nicht mehr am Futterhaufen gesehen. Betsie ging von diesem Tag an noch lahmer als vorher.

Betsie war auch die einzige, die noch kein rotes Hinterteil hatte. Zu der kleinen neunköpfigen Schafherde gehörte ein Bock. Ein Bock mit Deckstempel unterm Bauch. Er hatte schon alle gehabt. Außer Betsie. Er war nicht nett, das sah ich gleich. Ein grantiges, launisches Schaf und ein Wichtigtuer. Einmal (ich glaube, es war am vierten Tag) ging ich zum Rauchen hinters Haus und von dort zu dem ausgetrockneten Graben, der das Grundstück von der Schafkoppel trennte. Der Bock (ich habe ihn Bert genannt, warum, weiß ich nicht genau) drehte sich um, starrte mich an und hörte erst auf zu starren, als ich meine Kippe austrat. Diese Sorte Schaf. Ein Schaf mit einem gewaltigen Dünkel. Deshalb hatte er natürlich Betsie noch nicht gedeckt, es wäre unter seinem Stand gewesen. Ein lahmes Schaf, nein, das deckt man einfach nicht.

Ganz anders ging es im Haus zu. Wenn ich den Kamin anzünden wollte, sagte V.: »Nein, erst eine Runde trainieren, jetzt sieht uns keiner.« Wenn er den Kamin anzünden wollte, sagte ich: »Bloß nicht, hier drin ist es zum Ersticken.« Wenn er ins Bett ging, blieb ich extra noch eine Weile auf. Wenn ich fünf Knoblauchzehen ins Essen tun wollte, sagte er: »Viel zu wenig, dann schmeckt es ja nach nichts.« Wenn er eine Prise scharfen Curry ins Essen tun wollte, lief ich demonstrativ niesend aus der Küche. Er las populäre Bücher über philosophische Themen und wüste brasilianische Pornographie. *O Amor Natural* hieß der Gedichtband. Pah, von wegen Liebe!

Aber dann kam der Sonntag abend, der Vorabend des zweitägigen Wettkampfs in der Thialf-Arena.* Bald würden grüppchenweise die Eislaufkumpel aus Amsterdam eintreffen und der Ruhe ein Ende bereiten. Es war der fünfte Tag. Trudie hatte wenig gegessen und hustete oft bellend. Sie trank dann ein bißchen Wasser aus dem Tümpel, wonach es ihr wieder etwas besserging. An diesem Tag hatte ich einmal ganz kurz Trijnie zu Gesicht bekommen. Es war klar und sonnig, und ich sah sie ziemlich weit entfernt, in Rich-

* Erläuterungen siehe S. 152.

tung Langezwaag, von dem Gras grasen, das noch gar nicht wuchs. Betsie hatte nach wie vor keinen roten Fleck auf ihrem breiten Hinterteil. *Kramers Woordenboek* war beim Buchstaben F aufgeschlagen, der Eintrag *Fantasieblume* stand kurz vor der Eliminierung. Eigentlich hatte ich schon beim K sein wollen.

Und da trudelten sie ein, das Ferienhaus verwandelte sich in ein Eisläuferlager, und der Herdentrieb wurde übermächtig. Als der erste sich setzte, setzten sich alle. Sobald sich einer einen Teller mit Essen holte, holten sich alle einen Teller mit Essen. Dann aßen alle Joghurt und Vla, und dann fingen alle an, ihre Schlittschuhe zu schleifen. Irgendwann sagte einer: »Also, ich geh jetzt schlafen.« Und was passierte? Genau, alle gingen schlafen!

Draußen war es stockdunkel, durch die beschlagene Scheibe war nichts zu erkennen (wenn einer dampfte, dampften alle), und ich konnte die Schafe, inzwischen so etwas wie Freundinnen, nur erahnen. Aber ich brauchte sie gar nicht zu sehen, um schafiges Verhalten beobachten zu können. Und an den nächsten beiden Tagen wurde es nur noch schlimmer. Auf einen Startschuß hin preschten sämtliche Eisschnelläufer los wie Lämmer, die zur Schlachtbank getrieben werden. Wie zahme Schafe drehten alle die gleichen Runden. Zugegeben, manche liefen schnellere Runden als andere, aber dann dachte ich an Betsie: Bewegte sie sich nicht auch langsamer als die übrigen? Und trotzdem kam sie ans Ziel. Manchmal legte jemand einen slapstickhaften Sturz hin, und dann dachte ich an Trijnie und mußte lächeln. Und wenn ein Mann gierig eine Flasche Isostar leerte, sah ich den Kopf von Trudie vor mir. Sobald einer seine Beinmuskeln dehnte, hoben alle ihre Fersen auf ein Mäuerchen. Alle tranken Kaffee, aßen Käsebrote und bewegten sich im Gänsemarsch durch die Wälder und Felder von Oranjewoud, nur nicht zu Fuß, sondern mit dem Rad.

Dann kam Tag sieben, und plötzlich waren die Massen wieder fort (wenn einer abreist, reisen alle ab). Ich war ganz allein – ein schwarzes Schaf, ein räudiges Schaf, nein, eher ein verlorenes Schaf – und saß wie zuvor an dem großen hölzernen Eßtisch im Wohnzimmer. Es war still, und durch die kleinen Fensterscheiben fiel Sonnenlicht kariert ins Zimmer. Sehr viele zu streichende Wörter lagen vor mir, ich war immer noch nicht beim K angekommen. Ich schaute hinaus. Der Haufen Silage war bis zur matschigen Erde hinunter weggefressen. Nirgends war eins der weiblichen Schafe zu sehen. Bert lag dort, wo der Haufen gelegen hatte, und starrte mich mißmutig und beleidigt an. Er schien ein wenig kurzatmig zu sein, als wäre sein Deckgeschirr zu stramm angezogen. Ich muß weg, dachte ich, ich muß dringend weg.

Als ich mit Sack und Pack das Haus verließ, sah ich die Mutterschafe auf einem anderen Stück Land. Eins bewegte sich langsam in meine Richtung. Es ging lahm, ich erkannte Betsie sofort. Ich blieb stehen und wartete darauf, daß sie über den Damm kommen würde. Etwas an ihr war anders. Sie strahlte. Sie humpelte noch genauso wie sonst, und doch hatte sie einen irgendwie federnden Schritt. Einen selbstbewußten Gang. Während sie an mir vorbeiging, auf dem Weg zu dem weggefressenen Futterhaufen, blickte sie mich einen Moment an. Und so unglaublich es klingt: Sie lächelte. Zum ersten Mal in meinem Leben sah ich ein Schaf lächeln. Sie war auf dem Weg zum mürrischen Bert und wackelte triumphierend mit ihrem rotfleckigen Hinterteil.

Ach ja, dachte ich auf der Heimfahrt. Armer Bert. Wenn du eine deckst, mußt du alle decken.

Ein bißchen Lügen

Donnerstag, 25. März 2004

Ich schickte meinem kleinen Bruder eine E-Mail. Er solle sich einmal meine Website ansehen. Das tat er dann auch, zusammen mit seiner Frau und seinen beiden aufgeweckten Kindern. Und wie es in der Familie so ist: Sie fanden alles »sehr hübsch«, aber an einer Stelle hätte ich doch gelogen. Auf der Seite *Biographie & Bücher* hatten sie gelesen, mein Lieblingstier sei das Okapi.

»Ich dachte, die fiesen Stinkköter in Artis wären deine Lieblingstiere«, schrieb mein Bruder in seiner Antwortmail. »Die fandest du doch so niedlich.«

Damit liegt er nicht ganz falsch. Ich finde die Afrikanischen Wildhunde sehr niedlich, vor allem, wenn sie im Sand mit einer großen Plastikwanne spielen, bei über dreißig Grad Hitze. Außerdem mag ich ihren Geruch. Ein bißchen scharf und säuerlich; wer an ihrem Gehege vorbeigeht, zieht die Nase kraus, und dauernd hört man: »Boah, was stinken die!«

Aber daß man ein Tier liebt, macht es nicht automatisch zum Lieblingstier. Es gibt noch so viele andere Tiere, die ihre Vorzüge haben. Zum Beispiel das Okapi oder der Tapir. Haushunde. Kattas, Wasserschweine.

Aussterben vor der Kamera

Freitag, 26. März 2004

Der Beutelwolf oder Tasmanische Tiger (*Thylacinus cynocephalus*) war eine Art Quagga, nur in Hundeform. Von der Gestalt her ähnelte er dem Dingo, dem verwilderten Hund Australiens, war aber hellbraun und hatte dreizehn bis neunzehn schokoladefarbene Querstreifen auf dem Rücken. Ein typisch australisches Tier, denn das Weibchen besaß einen Beutel. Ursprünglich kam der Beutelwolf auch auf Neuguinea vor, wo er allerdings schon vor über dreitausend Jahren ausstarb. In Australien starb er ebenfalls aus, gegen den Dingo konnte er sich nicht behaupten. Seine letzte Zuflucht war die Insel Tasmanien. »War«, »besaß«, »ähnelte«. Der Beutelwolf ist nicht mehr.

Auf Tasmanien werden Schafe gehalten. Sie wurden eingeführt, gehören dort also gar nicht hin, genau wie Kaninchen und Schweine, alles Tiere ohne Beutel. Arglose Tiere, die sich leicht überrumpeln und fressen lassen. Der Beutelwolf verspeiste gern das eine oder andere Lämmlein, weshalb man auf seinen Kopf einen Preis aussetzte.

Ich kenne kein anderes Tier, das kurz vor seinem Aussterben gefilmt wurde. Aussterben geht entweder unbemerkt vor sich oder wird noch rechtzeitig registriert, worauf dann Rettungsmaßnahmen ergriffen werden. Nicht bei dem armen Beutelwolf. Das letzte Exemplar verstarb am 7. September 1936 im Zoo von Hobart, Tasmanien. Der Pfleger hatte vergessen, es vor der Mittagshitze einzuschließen. So erlag das Tier einem Hitzschlag. Der Beutelwolf war nachtaktiv.

Einmal habe ich eine Filmaufnahme von dem letzten Beutelwolf gesehen; sie war Teil eines Naturfilms, den ich untertiteln sollte. Schwarzweiß, staubige Sträucher, Gitter und Beton, Einsamkeit. Das Männchen wurde Benjamin genannt. Und man konnte einfach nichts mehr tun: Nur noch dieses eine Exemplar war übrig, nirgendwo mehr eine Partnerin zu finden. Es flitzte ständig hin und her, unruhig, gehetzt. Gereizt, das ist das richtige Wort. Als hätte das Tier geahnt, daß es vielleicht das letzte seiner Art war, und nicht verstanden, warum diese Männer in Anzügen rund um sein Gehege – die der Filmer extra zusammengetrommelt zu haben schien – es nicht in die Berge brachten und dort freiließen, damit es nach einem Weibchen suchen konnte, also wenigstens noch eine Chance hatte. Dieser Film war einer der schlimmsten, die ich je sehen mußte.

Rothunde schießen

Freitag, 2. April 2004

Zeitungen wollen gefüllt sein, jeden Tag. Aber wer für eine Zeitung schreibt, lebt für den Moment: Morgen ist, was heute war, schon wieder vergessen. Deshalb findet man als Leser manchmal keinen Follow-up-Bericht (um einen dieser englischen Jargon-Ausdrücke zu gebrauchen) über Ereignisse, die einen berühren. Leser haben ja genug Zeit, sich an gestern und vorgestern zu erinnern. Glücklicherweise hat meine Zeitung den Rothunden oder Asiatischen Wildhunden ausführliche Fortsetzungsberichte gewidmet. Vorige Woche wurde der Ausbruch des gesamten einundzwanzigköpfigen Rudels aus dem Safaripark Beekse Bergen gemeldet. Einige hatte man betäuben und einfangen können, einige waren noch verschwunden und einige abgeschossen worden. Punkt. Gestern (oder vorgestern) folgte ein zweiter Bericht mit etwas genaueren Zahlen, und heute, auf Seite 20, das vorläufige Fazit: acht Hunde am Leben, zwanzig erschossen und einer verschwunden (also müssen es insgesamt neunundzwanzig und nicht einundzwanzig Tiere gewesen sein). Alphaweibchen Vera lebt noch. Wolf (Nummer zwei in der Rangfolge) und Spot nicht mehr.

Der Redakteur verspricht uns auf jeden Fall noch einen Bericht. *Ist Schiefohr jetzt auch tot?* Diese Frage, aus dem Mund eines Mädchens, wird im Artikel nämlich nicht beantwortet. Und was wird aus dem einen einsam streunenden Rothund werden? Er oder sie hat schon eine Woche lang nichts mehr gefressen, sagt ein Mitarbeiter des Safariparks. Ich glaube, da kennt er seine Rothunde schlecht. Und ob das Tier gefressen hat. Fortsetzung folgt also.

Ein Zebra war gestorben

Freitag, 9. April 2004

Anders als der Tasmanische Tiger starb das Quagga aus, ohne daß sein Verschwinden von den Medien registriert wurde. Ein Zebra war gestorben, na und? Erst lange nach dem Tod der Stute im Jahr 1883 wurde ihren früheren Artis-Pflegern und dem Rest der Welt bewußt, daß sie das letzte Exemplar gewesen war. Das hing auch mit dem Namen der Art zusammen. Quagga ist ein lautmalerisches Wort, das den Schrei des Zebras wiedergibt (er erinnert ein wenig an Esel), und die Khoisan im südlichen Afrika nannten und nennen alle Zebraarten Quagga. In neuerer Zeit erhielt die ausgestorbene Form die wissenschaftliche Bezeichnung *Equus quagga quagga*.

Während der sechzehn Jahre, die das letzte Quagga in Amsterdam verbrachte, wurde der Rest der wilden Quaggas in Südafrika abgeschlachtet. Denn dort hatten sich Weiße angesiedelt, und die hatten Schafe, Ziegen und Rinder eingeführt, die Gras fressen wollten; dabei waren die lästigen Zebras im Weg. Außerdem reisten reiche Weiße in das Jägerparadies Südafrika. Sowohl die Kolonisten als auch die Ballertouristen schossen »Quaggas«, das heißt alle Arten von Zebras, und so wurde, ohne daß man sich darüber im klaren war, das eigentliche Quagga ausgerottet.

Vor etwa anderthalb Jahrzehnten haben DNS-Analysen ergeben, daß das Quagga eine Unterart des Steppenzebras (*Equus quagga*) war und sich von ihm eigentlich nur in der Fellfarbe und der Verteilung der Streifen unterschied, die beim Quagga auf Kopf und Hals beschränkt waren. In Südafrika wird gerade ein Rückzüchtungsversuch unternommen: Steppenzebras mit bräunlichem Fell und reduziertem Streifenmuster werden gekreuzt, um eine neue Linie mit zunehmender Braunfärbung und immer weniger Streifen hervorzubringen. Etienne (geboren am 14. Oktober 1998) sieht einem Quagga schon ziemlich ähnlich: elf Streifen.

Über Sterbehilfe und Zecken

Donnerstag, 27. Mai 2004

Wenn man morgens Zeitung liest, und das tue ich, kann es passieren, daß die ersten Überschriften und Sätze den noch schlaftrunkenen Kopf überfordern. Zum Beispiel heute morgen, als ich folgendes las: *Die Anzahl der gemeldeten Sterbehilfefälle ist im vergangenen Jahr erneut gesunken. Die*

Staatssekretärin im Gesundheitsministerium Ross äußerte sich besorgt über diese Entwicklung.

Was? dachte ich – ich hatte gerade einen Bissen Brot mit Himbeermarmelade und eine Doxycyclin-Tablette gegen Lyme-Borreliose im Mund –, will sie denn mehr Sterbehilfe? Weil sie glaubt, daß man den Kostenanstieg im Gesundheitswesen sonst nicht in den Griff bekommt? Nach der Hälfte des Artikels wurde mir klar, daß es um die Zahl der Meldungen und nicht um die Zahl der Fälle ging. War die Formulierung unglücklich gewählt, oder war ich einfach noch nicht wach genug?

Die Tablette habe ich natürlich nicht zufällig erwähnt. Das Medikament ist teuer, wird aber von der Krankenkasse bezahlt. Soviel Geld wegen einer Zecke. Genauer gesagt, einer dänischen Zecke. Die gehören zu den tückischen, die lebensgefährliche Krankheiten übertragen können. Ich habe der Zecke beim Sterben geholfen. Ich habe sie mit einer Pinzette platt- und hoffentlich totgedrückt, samt Kopf mit einer Drehbewegung aus meiner Kniekehle gezogen und an eine zufällig vorbeikommende Katze verfüttert.

Posthum hat sie Rache geübt. Weil man natürlich niemandem beim Sterben helfen kann, ohne daß er den Willen dazu geäußert hat. Sonst spricht man nicht von Sterbehilfe, sondern von Mord, oder zumindest Totschlag.

Schaf auf dem Rücken

Donnerstag, 5. August 2004

Die Zeitung hatte offenbar über Problemschafe in Yorkshire berichtet; ich mußte es überlesen haben. Es ging darum, daß Weideroste als Sperre nicht mehr ausreichten, weil die Schafe sich angeblich hinüberrollten. Heute ein Leserbrief von jemandem, der dieses Verhalten schon 1973 beobachtet haben will; für ihn war die Sache kalter Kaffee.

Ich versuche es mir vorzustellen: Schafe, die rollend einen Weiderost überqueren. Rollen sie kopfüber oder seitlich? Dabei weiß ich, daß ein Schaf, wenn es einmal auf dem Rükken gelandet ist, aus eigener Kraft nicht mehr auf die Beine kommt. Aber vielleicht gilt das nur für holländische Schafe. Vielleicht sind Yorkshire-Schafe anders gebaut.

Wenn nicht, funktioniert es wahrscheinlich so: Zehn Schafe rollen sich hintereinander auf den Rost, bleiben auf dem Rücken liegen, und der Rest der Herde zieht über die Bäuche der Liegenden auf die grünere Weide. Die zehn, die sich geopfert haben, sterben.

Soll ich nun einen Leserbrief schreiben oder die Sache auf sich beruhen lassen?

Pferd auf dem Rücken

Samstag, 7. August 2004

Fast immer, wenn man überlegt, ob man einen Leserbrief schreiben soll oder lieber nicht, erledigt sich die Sache dadurch, daß jemand anders es tut. Die Meldung über die rollenden Schafe wird von einem Leser aus Arnheim als moderne Legende abgetan. Es seien Pferde, die sich so verhielten. Und nicht in Yorkshire, sondern im New Forest, einem Nationalpark in Südengland. Und auch das sei Unsinn und frei erfunden, eine typische Sommerlochmeldung. Ziemlich verwirrend, dieser Brief.

Wie auch immer und überhaupt: Kein Säugetier kann sich rollend oder wälzend über einen Weiderost bewegen. (Außer Menschen, allerdings überquere ich Weideroste meistens aufrecht gehend.)

Ein Pferd

Freitag, 27. August 2004

Eines zumindest haben Reiter (ob Dressur, Springen, Vielseitigkeit oder moderner Fünfkampf) allen Sportlern ohne Pferd voraus: das Pferd. Wenn man die 110 Meter Hürden vermasselt, ist man ungeheuer einsam und allein und traurig. Ich kenne dieses Gefühl: Einmal, in einem meiner besten Eisschnellaufjahre, war ich so gut in Form, daß die phantastischsten persönlichen Rekorde zu erwarten waren. Meinten die anderen. Tja, bei den Wettkämpfen brachte ich dann nichts anderes zustande als Stürze. Nächtelang war mir hundeelend zumute. Dieses Niveau erreichst du nie wieder, denkt man dann. Oder: Noch so eine Chance bekommst du nicht. Dabei war mein Niveau alles andere als großartig, trotzdem reagierte ich so heftig. Bei den Olympischen Spielen zu verlieren muß also schrecklich sein, wirklich grauenvoll.

Wenn man aber auf einem Pferderücken verliert, ist man wenigstens nicht allein. Schon das Klopfen auf den Pferdehals nach zwölf Springfehlern ist ein erster Schritt zur Bewältigung des Geschehenen. Später kann man sein Pferd selbst versorgen. Zu ihm in die Box kriechen, nachdem man ihm eine besonders große Portion Hafer oder besonders leckeres Kleeheu gegeben hat. Und man kann mit ihm sprechen. Ohne daß es etwas erwidert. Das ist das Schöne daran. Es braucht einen einfach, damit am nächsten Tag die Sonne wieder aufgeht. Allein kommt es nicht zurecht.

Wenn die Hockey-Frauen verlieren, sprechen sie auch, aber sie erhalten Antworten, die eine sagt dies, die andere das, und deshalb bringt das Reden nichts. Sie sind Menschen, keine muß eine andere versorgen, sie ziehen sich gegenseitig nur noch tiefer hinunter. Menschen sind keine Hilfe, wenn man verliert.

Dann lieber ein Pferd, der stille Freund mit rehbraunen Augen, der einen braucht. Für den man verantwortlich ist und den man sich – nach einem verlorenen Wettkampf – schon als betagtes Tier auf der Altersweide vorstellen kann, zwischen drei hinfälligen Kühen und fünf hinkenden Schafen. Und dieser Gedanke kann einen sogar glücklich machen.

Goldfische auf hoher See

Dienstag, 7. September 2004

Der Zug fuhr um halb sechs in Amsterdam ab, und mir fiel auf, daß es nur sehr langsam hell wurde. Als es dann hell war, wünschte ich, es wäre noch dunkel. Die Bäume an der Strecke neigten sich heftig in Richtung Osten. Viel zu heftig. Ich war nämlich auf dem Weg nach Hoek van Holland, zur Schnellfähre nach Harwich. Dann sind Bäume, die sich hinlegen möchten, kein angenehmer Anblick.

Beim Einchecken stand ein kleiner Junge neben mir, der ein Aquarium bei sich hatte. Eine Art Reiseaquarium, ich hatte so etwas noch nie gesehen. Später bestieg er vor mir die Treppe, die Passagierbrücke und das Schiff. Die Goldfische im Reiseaquarium blickten sehnsüchtig durch die Plastikwände ins Freie. Und ich dachte: Der Kleine will seinen Fischen die Freiheit geben. Nicht, indem er sie über Bord kippt (vielleicht geht das gar nicht, weil die Türen zu den winzigen Decks am Heck der *Stena Discovery* abgeschlossen sind), sondern indem er mit ihnen zusammen untergeht. Er hätte sich dafür keinen besseren Tag aussuchen können. Ich hatte ein bißchen Angst vor dem Jungen mit den Goldfischen, und als die Fähre in Harwich ankam, gab ich mir die größte Mühe, ihm aus dem Weg zu gehen.

Ihn und sein Aquarium auf der Fähre zu wissen war ungefähr so, als hätte man auf der Autobahn einen Tieflader mit Autowracks vor sich oder als sähe man *Airforce One* im Flugzeug oder *Die Höllenfahrt der Poseidon* auf einem Kreuzfahrtschiff.

Bei der Rückfahrt stürmte es wieder, diesmal aus nordöstlicher Richtung. Kein kleiner Junge mit einem Reiseaquarium voller Goldfische war an Bord. Draußen war es dunkel, und wir kamen mit zwanzig Minuten Verspätung an.

Socke

Montag, 15. November 2004

Schon seit zwei Tagen faszinierte mich die Socke. Eine Socke über eine Hand gestülpt, an Ort und Stelle gehalten von einer Armbanduhr mit breitem Band. »Was hat sie?« fragte ich Lila Prap, die berühmte slowenische Illustratorin und Kinderbuchautorin, und deutete diskret auf die Frau mit der Socke. »*Bitten by a bear*«, antwortete Lila kühl. (Später merkte ich, daß sie ihre Kollegin nicht mochte.) »*The stupid woman just put her hand in a cage, to pat the bear.*«

Ich konnte meine Neugier nicht bezähmen. Im Bus auf der Rückfahrt nach Ljubljana bat ich die Frau, mir ihre Hand zu zeigen; ich würde gern mit eigenen Augen sehen, was ein Bärenbiß anrichtet, sagte ich. Sie zog freudig die Socke von der rechten Hand, die tatsächlich stark verstümmelt war. Anschließend zeigte sie mir ihr Kinderbuch über ein Mädchen, das von einem Bären gebissen wird, und dann, als Höhepunkt, Fotos von dem Arm kurz nach dem Bißunfall. Die slowenischen Schriftsteller und Illustratoren um uns herum seufzten tief und schauten demonstrativ weg. Ich verzog keine Miene und betrachtete interessiert die blutige Masse auf den Bildern.

»*How did it happen?*« fragte ich. Vor dreizehn Jahren habe sie eine Diskothek besucht, deren Besitzer es für eine witzige Idee hielt, seinen Gästen in drei Käfigen einen Braunbären (einheimisch), ein Krokodil und einen Löwen zu präsentieren. Sie habe etwas zu nah an dem Bärenkäfig gestanden. Einem Käfig mit etwas zu großen Abständen zwischen den Stäben. Nein, der Bär sei nicht getötet worden, es sei ja nicht seine Schuld gewesen.

Später, ich starrte durch das wolkenbruchnasse Busfenster ins Dunkel, versuchte ich mir vorzustellen, wie der Abend in der Diskothek weitergegangen war, nachdem der Rettungswagen die Autorin ins Krankenhaus gebracht hatte. Zum Abschied wollte ich ihr die Hand geben. »Nein, die andere«, sagte sie und zeigte auf meine Linke. »Warum?« fragte ich. »Ich bin nun einmal Rechtshänder.« Es tat mir sofort leid.

Noch etwas später dachte ich: Wo mag der Daumen geblieben sein? Hat der slowenische Bär sich den als leckeres Häppchen einverleibt?

Richtigstellung

Freitag, 11. März 2005

Ich weiß etwas Neues über die Schriftstellerin mit der verstümmelten Hand. Von Anfang an hatte ich den Eindruck, Lila Prap und andere slowenische Kollegen und Kolleginnen hätten keine allzu hohe Meinung von ihr. In der vergangenen Nacht kam eine triumphierende E-Mail von Lila. Die Schriftstellerin habe ein Zeitungsinterview gegeben: *she told a little different story, as she told you: she wanted to feed a bear in a cage with an apple in one »gasthaus« – so, you can never know when she is telling the right version.*

Es ist natürlich schon ein großer Unterschied, ob man durch einen unglücklichen »Zufall« verstümmelt wird oder weil man einem Bären einen Apfel geben wollte – nicht mit Hilfe eines Stocks, sondern mit der Hand. Trotzdem verstehe ich sie. Wenn ein Teil meiner Hand von einem Bären gefressen worden wäre, würde ich das auch zum Mythos aufblasen, würde die Sache bis zum Ende meines Lebens ausschlachten und zehn Bücher darüber schreiben, jedes mit einer etwas anderen Version. Irgendwann wäre ich der Bär, wäre ich der aufgefressene Teil meiner Hand, wäre ich die Socke am Ende meines Arms.

Zur Lage der Welt

Donnerstag, 14. Juli 2005

Es geht aufwärts mit der Welt. Nach kostenloser Logopädie für erschöpfte Papageien im Amazonasgebiet und Werkunterricht (Laubsägearbeiten und Modellieren in Ton) für Bonobos in Afrika gibt es jetzt endlich einen Tarifvertrag für die Strandesel von Blackpool.

Tagaus, tagein mußten die zweihundert Esel Tausende von Kindern über den Strand transportieren; sie wurden ohne Rücksicht auf ihre Bedürfnisse ausgebeutet. Der Tarifvertrag (unklar ist, wer ihn durchgesetzt hat) legt unter anderem fest, daß die tägliche Arbeitszeit neun Stunden nicht überschreiten darf, einschließlich mindestens einer Stunde Mittagspause (der Arbeitstag soll von 10:00 Uhr bis 19:00 Uhr dauern). Außerdem wurde ein freier Tag eingeführt, der Freitag. Er dient den Eseln als Ruhetag und für eventuelle Tierarztbesuche. Sollte sich herausstellen, daß einer der zweihundert Esel nicht gesund ist, kann der Besitzer des betreffenden Tieres seine Lizenz verlieren.

Nun warten wir noch auf Kanarienvögel in den Vorständen von Futterherstellern, kostenlose Physiotherapie für Störche mit verbogenen Schnäbeln (in den Niederlanden kommen pro Tag etwa fünfhundert Babys zur Welt) und natürlich die Verteilung von Zeckenzangen an Schafe. Wenn wir all das haben, ist die Welt perfekt.

Ach ja, Gerüche!

Donnerstag, 4. August 2005

Heute nachmittag nach langer Pause die Zwergotter in Artis. Ich meine, ich hatte sie lange nicht gesehen. Und plötzlich fragte ich mich (vermutlich, weil mir gerade eine bestimmte Person in der Menge aufgefallen war und ich über Dinge wie Aussehen und Attraktivität nachgedacht hatte), was diese Tiere an einem Artgenossen anziehend finden. Wenn ich einen Zwergotter beobachte und fünf Minuten später einen anderen, kann ich keinen Unterschied erkennen. Für mich gleichen sie sich aufs Haar. Sehen sie füreinander verschieden aus? Anders gefragt: Gibt es hübsche und weniger hübsche, vielleicht sogar häßliche Zwergotter? Und – da wir einmal beim Thema sind – wie ist das bei Pinguinen, Gorillas oder Sitatungas?

Ich schaute die Otter an und dachte: Ach ja, Gerüche. Ist auch bei uns Menschen so. Wir möchten gern glauben, daß wir auf das Äußere, auf Humor, auf Intelligenz achten, aber das stimmt angeblich gar nicht. Ob wir einen anderen mögen, hängt auch bei uns vom Geruch ab. Deshalb trennen sich so viele Paare nach einiger Zeit wieder. Weil man sich nicht auf seine Intuition verlassen hat, also auf seine Nase. Schöne braune Augen zählen irgendwann weniger als chronisches Gemüffel, ein Waschbrettbauch weniger als Kläranlagenausdünstungen, große Brüste weniger als ein Duft von abgestandenem Blumenwasser (sie implodieren dann). Vielleicht will man es sich nicht gleich eingestehen, aber früher oder später weiß man, daß man den anderen nicht riechen kann. Zu welchen Einsichten einem doch zwei frivole Zwergotter verhelfen können. Und wie wunderbar es dann bei den Wildhunden roch!

Endlich Sommer

Mittwoch, 31. August 2005

Ich saß auf einer Terrasse an einem kleinen See in Noordwijk und aß eine holländische Frikadelle mit Fritten, um mich herum sechs Menschen und acht Hunde. Einer der Hunde war eine Art Zwergpudel, strahlend weiß, bis er ins Wasser ging. Wir hatten Ostwind, und am flachen Ufer war alles grün von Algen. Auch das lockige Fell des Pudelchens war nun bis über den Bauch hinauf grün. Ansonsten gab es mehrere Promenadenmischungen, einen geschorenen Bouvier (recht hübsch) und einen jungen Deutschen Schäferhund. Der mochte offenbar den halbgrünen Pudel, und die beiden beschnüffelten sich zwischen meinen Beinen (mir tropfte dabei ein wenig holländische Mayonnaise von meiner holländischen Frikadelle auf den weißen Hunderücken). Bis sie zu kämpfen anfingen. Plötzlich kam ein großer, muskulöser Mann mit langem, glänzendem Haar auf die Terrasse. Was man sich so unter einem richtigen Mann vorstellt. »Tosca!« rief er. »Was machst du da?«

Tosca? Eine Deutsche Schäferhündin? Mein Mitfrittenesser warf mir einen bedeutungsvollen Blick zu. Einer der anderen Gäste sagte: »Wer in der Hochsaison Urlaub machen muß, kann einem leid tun. Dann ist ja wirklich alles unterwegs, meistens ist Scheißwetter, und die Ferienhäuser sind am teuersten.« Der Mitfrittenesser sagte: »Es gibt auch schokoladenbraune Labradors, die Salome heißen, und Airedale Terrier mit Namen Aida. Wenn ich einen schokoladenbraunen Labrador hätte, würde ich ihn Mokka nennen.« Es war warm und sonnig. Mir fiel so schnell keine andere Oper ein, die einen Frauennamen als Titel hat.

Saisonschluß

Dienstag, 6. September 2005

Auf dem Damm in Volendam saßen wieder Volendamer. Nur Männer, alle hatten ein Glas Bier (einer sogar mit Strohhalm) und eine Zeitung vor sich. Es war halb sieben. Die große Gewitterwolke, die mich von Scharwoude hierher begleitet hatte, war plötzlich verschwunden. Männer auf Fahrrädern, alle mit der gleichen Jacke, grüßten sich kurz. Vor mir, bei den ersten Andenkenläden, sah ich ein deutsches Ehepaar, das stumpf vor sich hinstarrte; eine Familie aus einem asiatischen Land machte Fotos mit dem bronzenen Fischer auf der Bank. Einige Läden waren noch geöffnet. Ein zu dickes einheimisches Mädchen unterhielt sich mit einem zu dicken Jungen, der in einem Fischrestaurant arbeitete. Am anderen Ende des Damms wurde aufgeräumt. Ich weiß nicht, was man auf den hölzernen Podesten direkt am Damm gefeiert hatte, jedenfalls sah es dort schlimmer aus als in einem Schweinestall, und es stank nach Männerpisse und abgestandenem Bier. So schön das Fest gestern auch gewesen sein mochte, heute war alles vorbei. Frauen nahmen die *Zimmer-frei*-Schilder von den Hauswänden.

Im vornehmsten Restaurant des Dorfes waren zwei Tische besetzt, zweimal vier adrett gekleidete Leute. Fünf Kilometer und Tausende Mücken weiter südlich lag Monnickendam.

Im IJsselmeer paddelten Hunderte von Bläßhühnern alle in die gleiche Richtung. Marken lag hinter einem Dunstschleier. Neben der Straße nach Zuiderwoude schwamm in einem schlammigen Graben direkt vor einem Büschel Schwanenblumen (*Butomus umbellatus*) ein Schwan. So etwas glaubt einem doch niemand. Ich sah ein sitzendes Schaf, das die Beine gerade nach vorn streckte. Es schrie wie ein Lamm, was bei einem fast ausgewachsenen Tier ganz seltsam klang. Dann hustete es kurz, als bekäme es von dem komischen Sitzen Atembeklemmungen. Ein fröhliches Ehepaar auf Elektromobilen summte vorbei. Graue Wolkenschleier zogen über den Himmel.

Unter anderem ein schielender Kakadu

Donnerstag, 8. September 2005

In den Niederlanden gibt es noch Fuchs- und Nerzfarmen. Für Pelzmantelträgerinnen natürlich. Es gibt sogar Tierärzte, die sich auf Pelztiere spezialisiert haben, vor allem auf die Polarfüchse und Nerze für die Zucht. Der Tierarzt, der mir das erzählte, war außerdem ein Experte für Kaninchen. Im Oktober müsse er zu einem Kaninchenkongreß, in Athen. Er stand mir in der Sonne, und sein Schwanz baumelte bedrohlich in Höhe meines Gesichts (aber wenigstens in einem gewissen Abstand). Um uns herum allerlei Hunde, hauptsächlich Jack Russell Terrier, aber auch ein Riesenschnauzer. Außerdem ein schielender Kakadu, ein ganz lieber. Und überall nackte Herrchen und Frauchen. Das Meer kam unaufhaltsam näher, wie es bei Flut nun einmal ist.

Aber seine große Liebe sei eigentlich das Dressurreiten. Sagte der Pelztierarzt. Er stand auf überaus vertrautem Fuß mit etlichen niederländischen Dressurgrößen, jedenfalls nannte er sie alle beim Vornamen. »Das geht mir zu weit«, sagte ich. »Springen, okay, aber Passagen, Pirouetten, spanischer Schritt, Piaffen, nein, gefällt mir nicht.«

»So?« sagte er.

»Nein«, antwortete ich. »In England hat sich mal ein Pferd in mich verliebt. Es wollte sich nicht mehr von mir trennen und drängte sich immer wieder mit dem Kopf an meine Beine. Ich habe mich dann auch in dieses Pferd verliebt.«

»So?« sagte er. »Seltsam.«

»Ich hatte mal einen Freund«, fuhr ich fort, »der war auf der Landwirtschaftsschule in Leeuwarden und machte da irgendwas mit Pferden, auch künstliche Befruchtung. Pferde selbst rieche ich gern, sehr sogar, aber wenn er aus dem Stall kam, stank er nach Pferd, und Pferdegeruch an Menschen ist unmöglich.«

»So?« sagte er.

»Ja«, sagte ich. Das Meer kam jetzt über die letzte Sandbank. Wir gingen weiter zurück, um nicht verschlungen zu werden.

»Vielleicht können wir oben noch etwas trinken?« fragte der Pelztierarzt.

»Mal sehen«, antwortete ich.

»Ich habe zu Hause vier Jack Russell«, sagte er.

»Schön«, sagte ich.

»Und zwei Pferde.«

»Natürlich«, sagte ich.

Er legte sich wieder auf seine Klappliege, etliche Meter entfernt.

Es wurde kalt. Auch der Spätsommer ist schön, aber abends nach sechs wird es dann doch schon herbstlich.

Niederländischer Spielfilm mit Tieren

Dienstag, 13. September 2005

Mir fuhr der Schreck in die Glieder: Im Eisbärenbassin schwamm ein Seelöwe. Junge, das ist gefährlich, dachte ich, doch es war kein Eisbär mehr zu sehen. Wahrscheinlich hatten sie »Nasenentzündungen« gehabt, waren operiert worden und natürlich dabei gestorben. Daß ein schwanzloser Sibirischer Tiger, den man auch operiert hatte, nicht gestorben war, stand eindeutig im Widerspruch zur Artis-Tradition.

Es gibt eine kleine Gruppe von Menschen – ich gehöre dazu –, die fest an eine Verschwörungstheorie glauben: Überzählige Tiere im Amsterdamer Zoo haben plötzlich eine »Ohrenerkrankung« oder eine »eingewachsene Kralle«, müssen dringend unter Vollnarkose untersucht oder operiert werden und überleben das nicht. Hin und wieder gelingt es auch, Tiere anderswo unterzubringen; die See-Elefanten zum Beispiel sollen nach Kopenhagen umgezogen sein, und Rakker, der Schimpanse, dem die anderen Schimpansen den Enddarm aus dem Leib gerissen hatten, lebt jetzt angeblich sehr glücklich in Brasilien. Gut, gehen wir davon aus, daß diese Berichte stimmen (trotzdem: Wenn ich das nächste Mal in Kopenhagen bin, möchte ich die See-Elefanten mit eigenen Augen sehen). Aber wäre ich ein Tier, sagen wir, ein Klippspringer oder eine Nilgauantilope, und ich würde an Moderhinke erkranken, dann würde ich mich noch lieber zwischen den Teichhühnern ersäufen oder mir den Hals zwischen den Gitterstäben meines Geheges brechen, als mich in den Operationssaal bringen zu lassen. Denn die Wahrscheinlichkeit ist groß, daß man dort umgebracht wird.

Die Verschwörungstheorie wird übrigens durch eine Äußerung des vorigen Artis-Direktors noch zusätzlich genährt: Es sei verrückt, mitten in der Stadt so viele exotische Tiere zu halten. Eigentlich sollte Artis ein großer Streichelzoo werden, fügte er hinzu. Gut möglich, daß er bei seiner Verabschiedung seinem Nachfolger (der aus der Filmwirtschaft kommt) ein geheimes Strategiepapier ausgehändigt hat. Und daß der ehemalige Produzent im stillen an einem neuen Projekt arbeitet. Einem Horrorfilm.

Bahnziege

Dienstag, 11. Oktober 2005

Heute abend waren es »Ziegen«. Öfter mal was Neues. Laub auf den Schienen, Räder mit Flachstellen, Signalstörungen, Stromausfall, vielleicht sogar ein Auto auf einem Bahnübergang – all das kennt man ja zur Genüge. Als unser Zug schon ziemlich lange auf freier Strecke stand, meldete sich eine sehr alte Dame zu Wort. Sie wußte nicht, ob sie im Hauptbahnhof noch in den Zug nach Amsterdam Amstel umsteigen oder lieber mit der Straßenbahn nach Hause fahren sollte, denn abends könne man doch leicht überfallen werden, am Bahnhof Amstel, spätestens wenn der Supermarkt schon geschlossen habe. Und so fragte sie die völlig untätig in unserem Wagen sitzenden Schaffner, was nun mit der Ziege sei. Keine Ziegen also, nein, eine Ziege. »An sich finde ich das ja nett, soviel Aufwand für ein Tier, aber über zwei Stunden, nein, das ist doch übertrieben. Soll ich nun mit dem Zug nach Amstel weiterfahren oder die Straßenbahn nehmen? Nachts ist es da so dunkel und unheimlich, und ich möchte vor halb zwölf zu Hause sein.« Die Schaffner sagten, sie wüßten es auch nicht und hätten das alles so satt.

Irgendwo war also eine Ziege auf den Gleisen unterwegs, in der Gegend von Zaandam, und deshalb hatte die Polizei (ja, die Polizei, nicht die Bahn oder ProRail) einfach den gesamten Zugverkehr unterbrochen. Am schlimmsten ist, daß man über diese Dinge nie wieder etwas erfährt. Ich lese eine überregionale Tageszeitung, und in der wird morgen mit Sicherheit nicht stehen, was aus der Ziege geworden ist. Wurde sie gerettet? Ist sie tot? Wem gehört sie? Wie heißt (hieß) das Tier? Schrecklich, wenn man mit solchen Fragen zu Bett gehen muß.

Die Welt ist noch nicht verloren

Donnerstag, 24. November 2005

Ich glaube, es war gestern, als in den Nachrichten ein Bericht über große Überschwemmungen in Kolumbien kam. Die üblichen Bilder: Sandsäcke, eilig errichtete Notdeiche, Wasser, das durch tür- und fensterlose Häuser und über Straßen strömt, auf denen normalerweise knochendürre Hunde im heißen Staub liegen. Und dann sah ich Menschen, die nicht andere Menschen, sondern Tiere retteten. Ein niedliches, dunkelgraues südamerikanisches Schweinchen, ein paar zerfledderte Hühner und eine sehr gepflegte Ente. Es dauerte einen Moment, bis ich begriff, glücklicherweise zoomte die Kamera besonders lange auf den nassen Mann, der die Ente ganz vorsichtig aus dem Boot hob und aufs Trokkene setzte, und erst dann sah ich es wirklich: eine Ente!

Wer evakuiert bei einer Hochwasserkatastrophe eine Ente?

Eben bin ich im eiskalten Novemberregen nach Hause geradelt. Als ich nach rechts blickte, sah ich an einem Wartehäuschen die Nummern 43 und 59, in Orange. Kurz danach kam aus der Gegenrichtung ein Bus. Erwartungsvoll ließ ich ihn vorbeifahren und schaute nach der Nummer am Heck. 59! Es stimmte! Und wieder – wie gestern – dachte ich: Die Welt ist noch nicht verloren. Am Ende wird doch noch alles gut.

Korrektur

Mittwoch, 21. Dezember 2005

Vor einiger Zeit schrieb ich den schrecklichen Satz: »Wer den Hund einer behinderten Frau mit seiner Leine an einem Baum erhängt, weil die Frau, die er berauben wollte, kein Geld in der Tasche hat, darf – ohne Einmischung irgendeiner staatlichen Instanz – neben dem Hund aufgehängt werden.« Bestürzung brachte mich dazu, so etwas zu schreiben.

Heute morgen lese ich in der Zeitung:

Frau erfand Überfallgeschichte mit erhängtem Hund

Spijkenisse – Die neunundvierzigjährige behinderte Frau, die im November einen Raubüberfall angezeigt hatte, gab jetzt zu, ihre Geschichte erfunden zu haben. Sie hatte behauptet, ihr kleiner Hund sei von zwei jugendlichen Räubern erhängt worden. Wie die Staatsanwaltschaft am Dienstag mitteilte, haben die polizeilichen Ermittlungen ergeben, daß die Frau selbst für den Tod des Tieres verantwortlich ist. (ANP)

Da sieht man's mal wieder: 1. Trau keinem Behinderten, nur weil er behindert ist. 2. Jungs aus Spijkenisse tun so was nicht. 3. Wo liegt Spijkenisse eigentlich? (Auf Voorne-Putten, südlich des Nieuwe Waterweg.) Vor allem aber: der arme Hund! Allein die Vorstellung, wie das Tier sich gefühlt haben muß. Das eigene Frauchen! Und wie hat sie es trotz ihrer Behinderung geschafft, den Hund mit seiner Leine an den Baum zu hängen? Was für eine beschissene Welt. Die Wirklichkeit ist doch zu grauenvoll. Am besten schreibe ich wieder ein Buch. Fiktion bietet immerhin ein bißchen Sicherheit, denn so schrecklich fiktive Ereignisse auch sein können, sie passieren wenigstens nicht wirklich.

Katze ohne Frauchen

Freitag, 3. März 2006

Heute mittag war ich im Haus eines alten Mannes auf dem Klo und pinkelte. Schon über den Teppichboden hatte ich mich gewundert, aber erst als ich mich umdrehte, bemerkte ich das kleine Keramikschild mit dem Text: *In diesem Scheißhaus wohnt ein Geist, der dich in den Hintern beißt.*

Doch mich hat er nicht gebissen, denn ich habe ihn beschissen.

Vorher hatte mir der alte Mann etwas über die Katze erzählt. Ich hatte sie zuerst an meinen Händen riechen lassen und ihr dann vorsichtig den Kopf gestreichelt. Als ihr Frauchen vor sieben Jahren samt Elektromobil von einem Auto überfahren worden war, hatte das Tier vier Wochen lang auf dem Couchtisch gesessen und auf den leeren Sessel gestarrt. Irgendwann hatte es sogar den Farn angeknabbert, der auf dem Tisch stand, weil Frauchen dann immer »Hörst du damit auf!« gesagt hatte. Auch das brachte sie nicht zurück. »Du weißt, wie man Katzen streichelt«, sagte der Mann. Er hat eine riesige Schlittschuhsammlung, die ich beschreiben, vielleicht auch katalogisieren soll. »Immer erst riechen lassen und dann über den Kopf streicheln, nicht über den Körper.« Ein lieber Mann. Auch ein vom Leben gezeichneter Mann, und doch kann er voller Leidenschaft über Wettkämpfe im Jahr 1932 sprechen oder über südholländische Holzschlittschuhe von 1830. In den kommenden Monaten werde ich noch manchmal zwischen seinen Schlittschuhen sitzen und aufschreiben, was er zu erzählen hat. Vielleicht ab und zu die Katze streicheln.

Schwanzmeisen und Schachblumen

Montag, 27. März 2006

Heute am Rand der Veluwe zum ersten Mal in meinem Leben eine Schwanzmeise gesehen. Ein sehr apartes Vögelchen, tatsächlich mit langem Schwanz. (Wie die Verbreitungskarte zeigt, ist es in Nordholland selten, kein Wunder also, daß ich es bisher nur von Abbildungen kannte.) Außerdem habe ich die ersten Kiebitze gehört (die natürlich auch schon da waren, als ich sie nicht hörte). Der Holunder hatte auszuschlagen begonnen, und die Skimmien und Buchsbäume ließen sich das Umtopfen kommentarlos gefallen. Zwischen den Dickmännchen (*Pachysandra terminalis*) standen weiße Krokusse, und ich schwitzte wie ein Tier, während ich die Herbstblätter von den Rabatten harkte und den Efeu aus dem Boden zerrte. Und ich hatte große Lust auf Sex, einfach so, beim Beschneiden einer Lorbeerkirschenhecke. Dabei wurde ich fast von einem Auto angefahren, das um die Ecke bog und dessen Fahrer mich nicht gesehen hatte, eben weil die Hecke mich verbarg. (Vor Schreck verging mir sofort die Lust auf Sex.)

Frühling also, ob man's glaubt oder nicht. Mein Gefühl sagt mir, es wird ein Frühling, in dem es nur nachts regnet; ein Frühling, der schnell treibende Wolken, aber auch große Portionen Sonne bringt, zwei Nächte mit leichtem Frost (minus ein Grad), Rinder mit sonderbarer Fellfarbe und riesigen Hörnern, eine plötzliche und unerklärliche Invasion von Nebelkrähen aus dem Norden und sehr viele Narzissen und Tulpen, vor allem aber Schachblumen (*Fritillaria meleagris*), denn das ist doch die allerschönste unter den Frühlingsblumen, die zarteste auch, obwohl sie es sogar im dunkelsten Winkel des Gartens aushält, wo sie wie eine weiße Lilie an einem Moorsee aufleuchten kann oder wie das Fenster eines einsamen Hauses in der Tundra.

Eine Sekunde als Schaf

Dienstag, 4. April 2006

Heute abend war ich mit einem Fotografen in Waterland unterwegs, als am Straßenrand plötzlich ein Border Collie auftauchte und sich vors Auto warf. Zu seinem (und unserem) Glück warf er sich noch rechtzeitig wieder zurück. Seltsamerweise bewegte er sich genau so, wie Border Collies es tun, wenn sie Schafe beschleichen und scheuchen. Fast wie ein Gepard.

Da ich meine körperdysmorphe Störung offenbar inzwischen abgeschüttelt habe, hatte ich eine halbe Stunde lang auf und an einer Brücke das routinierte Fotomodell spielen können. Als Modell muß man leicht blasiert dreinschauen, glaube ich. Und es machte mir sogar Spaß, nur daß ich ein bißchen fror, kein Wunder, wenn man seinen Wintermantel im Zorn zerrissen hat und gern im Pullover posieren möchte, obwohl es vier Grad kühl ist. Großartige Wolkenformationen zogen vorüber, die Ufer mit dem gemähten Röhricht waren braun. Als wir schon fünf Minuten posierten und fotografierten, sahen wir plötzlich ein Boot mit einem Jungen unter der Brücke, das wohl die ganze Zeit dort gelegen hatte. Ein Boot mit Außenbordmotor, und der Junge saß einfach nur da. Nach einer Viertelstunde fuhr er weg.

Erst später, nach dem verrückten Hund, fragte ich: »Was hat der Junge da wohl gemacht?« Der Fotograf hatte auch keine Ahnung. Während wir einen Moment schwiegen, überlegte ich: Ob uns der Hund für Schafe gehalten hat? Oder so getan hat, als wären wir welche, um mit uns zu üben? Weil der Bauer, dem er gehört, keine Schafe hält?

Trikotwerbung

Samstag, 15. April 2006

Am Donnerstag vormittag fuhr ich über den Autobahnkreisel bei Joure, konnte aber nirgendwo die Werbeschafe erspähen. Wir entdeckten sie dann auf einer Weide an der Abfahrt Sneek, die wir nicht nahmen. Ansonsten sah ich normale Schafe am anderen Ende ihrer Koppel, was mich zu der Erkenntnis brachte, daß es nicht damit getan ist, seine Schafe zu Werbeschafen zu machen: Man muß sie auch so dressieren, daß sie immer direkt neben der Autobahn grasen. Der Bürgermeister der Gemeinde Skarsterlân hat sie verboten, die Schafe mit Trikotwerbung. Nicht wegen potentieller Verkehrsgefährdung, sondern weil für die A7 nun einmal ein Werbeverbot gilt. Sehr mitfühlend, dieser Bürgermeister.

Zufällig hatte ich morgens noch einen Artikel über die Werbeschafe gelesen: »In den Niederlanden haben zwölf Herden einen Trikotwerbevertrag.« Saukomisch, die Sache so darzustellen, als wäre kein Mensch daran beteiligt, als wäre der Vertrag vom geschäftsführenden *Lease-a-Sheep*-Schaf unterzeichnet worden. So ein geschäftsführendes Schaf hinkt nicht (hat es auch nie getan), bringt jedes Jahr mindestens Zwillinge, besser noch Drillinge zur Welt und hat selbstverständlich von allen Schafen die schönste Handschrift. Auch Böcke kommen in Frage, werden aber nicht bevorzugt.

Demnächst liegen sie alle auf diesen kuscheligen großen Kissen, die man im Baumarkt bekommt – eigentlich für Hunde gedacht, aber das macht nichts, auch Schafe haben darauf mehr als genug Platz.

Also gut, noch mal Schafe (weil Ostern ist)

Sonntag, 16. April 2006

Ja, Schafe. Ein Kapitel für sich. Niemand macht sich je Gedanken über Schafe, außer dem Bauern, der irgendwann im März mitten in der Nacht bei einem Mutterschaf das dritte Lamm holen muß. Die Deckchen der Werbeschafe sind übrigens ganz in Ordnung: Sie sind atmungsaktiv, zu hundert Prozent aus Baumwolle und schützen auch noch vor lästigen Zecken und anderem Ungeziefer. Keine Tierquälerei also. Nur für ein Lamm muß es seltsam sein, ein Mutterschaf, das monatelang nicht wie ein Schaf aussieht. Entsteht nicht in dem Lämmergehirn ein völlig verzerrtes Weltbild? Wofür hält das Lamm ein Werbemutterschaf? Für ein Wartehäuschen? Ein behindertes Schaf? Ein Albinoschaf? Ein schwer verkäufliches Schaf? Oder einfach für einen mißglückten Werbeträger? Ich frage mich auch, was nach dem Scheren wird. Haben die Deckchen Riemen mit ganz vielen Löchern, damit sie enger geschnallt werden können? Zum Schluß, um alle Diskussionen zu beenden, ein Ausspruch von Bauer Groen aus Enkhuizen: »Tiere sind auf der Welt, um dem Menschen zu dienen.«

Kuhtanz

Mittwoch, 19. April 2006

In letzter Zeit – weil Frühling ist? – viel über Tiere in den Medien. Macht sich immer gut. Auf der Titelseite meiner Zeitung gestern ein großes Foto von Kühen unter der Überschrift: *Besucher können sich an glücklichen, springenden*

Kühen nicht satt sehen. Die Leute kämen in Geländelimousinen, um einen *agrarischen Top-Event* zu erleben, der *die Lämmershow der letzten Woche übertreffen* solle. Unklar bleibt, ob die Vorstellung etwas kostet. Auf jeden Fall, so der Autor, muß den Stadtmenschen erklärt werden, daß jedes Rind mit Euter ein *Weibchen* ist.

Macht sich immer gut, habe ich gesagt, aber eigentlich geht es doch auf keine Kuhhaut, daß ein solches Foto mit dem dazugehörigen Text überhaupt in die Zeitung kommt. Seit Jahrhunderten werden Kühe in jedem Frühjahr auf die Weide gelassen. Seit Jahrhunderten hüpfen und springen sie dann vor Freude – endlich wieder frische Luft, endlich wieder Platz. Der Autor des Artikels ist trotz seines ironischen Tons natürlich selbst *Agrarignorant* und Teil des *Kuhtanzpublikums*, über das er sich mokiert.

Was erwartet uns noch in der kommenden Zeit? Die Mauerseglersinfonie? Eine Dachsdisco? Ein Fuchskostümball oder eine Schwarzspechtoper? Ich werde die Zeitungen genau im Auge behalten.

Gewitterfliegen und Mehlschwalben

Montag, 24. April 2006

Vorhin – sagen wir, um 15:27 Uhr – ist mir eine schwarze Gewitterfliege ins rechte Auge geflogen. Kein Gewitter in Sicht, keine Fliege, Mücke, Drohne, Biene, Hummel, Hornisse, Wespe oder Bremse weit und breit, aber diese eine schwarze, säurehaltige Gewitterfliege mußte mein Auge treffen. Ausgerechnet, als ich gerade auf dem Rad unterwegs war, so daß ich fast überfahren wurde, weil es so verdammt weh tat und ich beide Augen zukniff und Schlangenlinien fuhr. Jetzt – 15:43 Uhr – scheint es immer noch schlimmer zu werden. Ich habe schon einen halben Liter Tränenflüssigkeit verloren, aber das scharfe Brennen bleibt, das Auge ist ganz rot und die Lider geschwollen, und gleich muß ich eine Dreiviertelstunde mit dem Zug fahren. Zur Stoßzeit. Dieses Leben bringt einen noch um! Keine Taschentücher im Haus, die Nase trieft, die Leute werden denken: Der arme Kerl, warum er wohl so weint? Ob jemand gestorben ist? Ob sich seine Freundin von ihm getrennt hat? Oder hat er einen traurigen Film auf Animal Planet gesehen?

Diese fiese, schwarze, säurehaltige Gewitterfliege. Vor Schreck hatte ich völlig vergessen, daß ich gestern die ersten Schwalben gesehen habe. Zwei waren es, und wie sich heute zeigt, haben sie tatsächlich den Sommer gemacht. Einschließlich fieser, mieser, ätzender Gewitterfliegen mit gemeinen Zackenbeinen und messerscharfen Hautflügeln. Bah.

Der große Mauerseglerwettbewerb

Mittwoch, 3. Mai 2006

Als ich heute abend nach zwei Tagen Abwesenheit nach Hause kam, war eine Nachricht von Simon auf dem Anrufbeantworter. Er hat Mauersegler gesehen *und* gehört, heute, am 3. Mai, an der Amstel. Ha, dachte ich und rief ihn gleich zurück, aber er nahm leider nicht ab. Ich habe nämlich schon gestern abend welche gesehen *und* gehört, bei einer Kirche in Leeuwarden, vor der gräßliche christliche Jugend eine Stunde lang immer dasselbe christliche Lied sang, zu Schlagzeugbegleitung. Glücklicherweise segelten die Vögel mit lautem Geschrei um die Mauern, das half ein bißchen.

Gerade hat mich meine Schwester angerufen, um mir zu erzählen, daß beim Haus meiner Eltern ein Sperber eine Turteltaube verfolgt hat und beide gegen eine Scheibe geflogen sind. Die Taube war tot, der kleine Sohn meiner Schwester folgte der Blutspur bis hinter den Schuppen meines Vaters, wo der Sperber die Taube fraß. Na ja, keine außergewöhnlich interessante Geschichte, aber da von meinem Vater die Rede gewesen war und ich schon einen Anruf wegen der Mauersegler gehabt hatte, rief ich ihn gleich anschließend an.

»Am 1. Mai habe ich einen gesehen«, sagte er, »aber nicht gehört. Und gestern waren es bestimmt zwanzig.«

»Du lügst!« entgegnete ich.

»Aber nein«, sagte er so ruhig, daß ich ihm einfach glauben mußte.

Schade. Oft gewinne ich, weil Amsterdam etwa siebzig Kilometer südlich von Wieringerwaard liegt. Der augenblickliche Stand ist also: 1. Wieringerwaard, 2. Leeuwarden, 3. Amsterdam. Geographisch ergibt das ein höchst seltsames Muster, und es beweist, daß Mauersegler nicht berechenbar sind.

Vermischte Tiermeldungen

Donnerstag, 4. Mai 2006

Ein neuer Zwischenstand, anläßlich eines Kommentars zu meinem Mauersegler-Posting: 1. Hoorn (Donnerstag, 27. April); 2. Wieringerwaard (Montag, 1. Mai); 3. Leeuwarden (Dienstag, 2. Mai). Amsterdam ist also nicht mehr unter den ersten drei. Meldungen über weitere – am liebsten frühere – Sichtungen sind willkommen. Im Augenblick sieht es merkwürdigerweise so aus, als hätten sie Brückenköpfe am IJsselmeer gebildet, seine Südwestecke aber zunächst gemieden.

Andere Tiernachrichten der letzten Zeit: Pferde sind eifersüchtig, hat man jetzt herausgefunden (Quelle: *De Volkskrant*). Außerdem gibt es unter Pferden Freundschaften (also auch Feindschaften). Es ist deshalb nicht ratsam, nur ein Pferd zu besitzen, denn das leidet dann unter Einsamkeit und entwickelt schnell ein gestörtes Sozialverhalten.

Die Schafe vom Verkehrskreisel bei Joure haben den Kampf verloren. Der Bürgermeister hatte ihnen mit Geldbußen gedroht, und nach ein paar Tagen haben sie resigniert und Kittel mit der Aufschrift *Danke, Bürgermeister!* angezogen. Sie dankten ihm dafür, daß er mit seinem Verbot noch zusätzlich (und kostenlos) Reklame für *hotels.nl* gemacht hat, das war die ursprüngliche Aufschrift auf den Kitteln. Im Grunde haben sie den Kampf also gewonnen; Gäste des Motels Joure beschweren sich über nächtliches Freudengeblök.

Ein fiktives Schaf ist gar kein Schaf

Sonntag, 7. Mai 2006

Wenn man über Schafe schreibt, wird offenbar automatisch angenommen, daß man viel von ihnen versteht. Das ist aber nicht so. Am Freitag bekam ich bei einer Lesung in Groningen mehrmals zu hören, Schafe seien »entsetzlich dumm«. Ich widersprach. Wir übernehmen diese Ansicht, ohne nachzudenken, was unter anderem an Wörtern wie Schafskopf liegt. Herdenverhalten gibt es schließlich auch bei uns; für mich sind Schafe einfach sehr soziale Tiere, die gern beisammen sind. Nach der Lesung erzählte mir ein freundlicher Mann, er habe »fünfzehn auf sechs« (damit meinte er natürlich fünfzehn Lämmer von sechs Mutterschafen). Ich gratulierte ihm, aber als er dann von Lämmerraub sprach, muß ich ein ziemlich belemmertes Gesicht gemacht haben. Ich dachte, ihm würden Lämmer von der Weide gestohlen. Nein: Ein hochträchtiges Schaf leckt das neugeborene Lamm eines anderen Mutterschafs ab, die Mutter verstößt es, und das trächtige Schaf hat schon vor dem Ablammen ein Lamm.

Was ich meine, ist: Wenn man ein Buch über das »Bauernleben« schreibt, ist man deshalb noch lange kein Bauer. Henning Mankell ist kein sadistischer Mörder, Thomas Rosenboom kein verrückter Geigenbauer und Arthur Japin kein afrikanischer Prinz.

Die kritische Bemerkung, in Waterland gebe es keine Nebelkrähen, konnte ich noch mit »Das war ein Irrgast« parieren, aber als sich beim Umtrunk ein Mann verwundert darüber zeigte, daß ich bis vor zwei Monaten noch nie eine Schwanzmeise gesehen hatte, fiel mir nichts ein außer: »Es ist nun mal so.« Eigentlich sollte man in solchen Fällen eine

Gegenfrage stellen. Zum Beispiel: »Und wie oft haben Sie schon einen Mandschurenkranich gesehen?«

Regelchaos und dünne Lämmchen

Sonntag, 14. Mai 2006

Um etwa 12:59 heute mittag wurde mir vom Schaffner die Weiterfahrt verweigert, in Purmerend (wo sonst). Ich kaufe nie eine Karte für mein Fahrrad: Wenn ich Glück habe, fährt es kostenlos mit, wenn ich Pech habe, bezahle ich sechs Euro, ohne Aufschlag, weil ich sagen kann, ich hätte das Rad für Gepäck gehalten. Dachte ich. Der Schaffner sagte: »Das macht dann einundvierzig Euro.«

»Von wegen«, erwiderte ich. »Ich bin doch nicht blöd.«

Ich saß neben meinem Rad im Einstiegsbereich, und da wir gerade in Purmerend hielten, trat er auf den Bahnsteig hinaus und fragte: »Bezahlen Sie?«

»Nein«, sagte ich.

»Dann steigen Sie jetzt aus.«

Ich blieb sitzen, und die Weiterfahrt verzögerte sich. Nach einiger Zeit stieg ich dann doch aus, weil der Schaffner drohende Fragen stellte, zum Beispiel: »Haben Sie Ihren Ausweis dabei?« Habe ich nie, ich mache nicht mit bei dieser lächerlichen Ausweispflicht, aber ich kniff vor dem Knipser.

Kochend vor Wut stand ich nun mitten in Purmerend, wo ich gar nicht hinwollte. Fünf Minuten später kam der Nahverkehrszug nach Hoorn, und dort wollte ich hin. Auf meine Frage erfuhr ich vom Schaffner dieses Zuges, daß neuerdings auch dann ein erhöhter Fahrpreis fällig sei, wenn man keine Fahrradkarte vorweisen könne. »Steig ein«, sagte er, »nach Hoorn nehm ich dein Rad so mit.« Ganz umsonst. Gehört das unter die Überschrift *Regelchaos bei der Bahn*?

Ungefähr fünf Stunden später – ich war in der Nähe der Schleuse in Edam, und alles glänzte in wundervollem Licht, einem Licht, wie man es nur im herrlichen Monat Mai zu sehen bekommt – hat man mich zum allerersten Mal in meinem Leben gefragt: »Gehört dieses Schaf Ihnen?« Ich hätte natürlich lügen und ja sagen können, antwortete aber ganz ehrlich: »Nein.« Auf der Weide vor mir stand ein krankes Lamm, und ein Mann und eine Frau, die vorbeikamen, machten sich Sorgen. Irgendein Lamm ist immer krank, dünn, mit zugeschwollenem Auge, mit Durchfall, aber das bedeutet noch nicht, daß es nicht überleben wird. Ich hatte es trinken und laufen sehen und versuchte das Paar zu beruhigen. Danach kam die erwähnte Frage, danach meine Antwort, und danach war der Tag noch besser, als er schon gewesen war.

Abschließen

Mittwoch, 31. Mai 2006

Gegen ein Uhr wurden wir mit der Arbeit beim Praxis-Baumarkt fertig, in Beverwijk, wo der stürmische Wind die Pflanzenständer auf dem Außengelände durch die Gegend wehte, wo es kalt und naß und sehr leer war. Kaum Kunden, wenig Personal, und die Geranien im Innenbereich waren teilweise vertrocknet. Wenn man dreieinhalb Monate lang drei Tage pro Woche zusammen unterwegs ist und arbeitet, ist es nicht so leicht, von einem Moment auf den anderen damit aufzuhören. Der Chef stieg in seinen Wagen und fuhr nach Groningen, wir stiegen in den Smart, den der stellvertretende Chef anschließend nach Overijssel und morgen zurück zum Smart-Vertrieb in Amsterdam fahren wird. Dann machen alle Urlaub oder erholen sich auf andere Weise. Auch ich fahre weg, eine Woche »einfach mal raus«, wie man so sagt, nach Teil IV aus *Oben ist es still*.

Hier auf dem Außengang und unten zwischen den Fahrradständern flughüpften zwei sehr kleine Kohlmeisen herum. Auch jetzt, um halb sieben, höre ich sie noch rufen. Fiefie-fie-fie machen sie, leicht absteigend. Der Wind wehte viel zu stark zum Fliegen, trotzdem versuchten sie es. Eine flog gegen meine Fensterscheibe, unten ruhte sich die andere keuchend auf einer Fahrradkette aus. Kann das gutgehen? Heißt es jetzt einfach, eine Zeitlang die Schnäbel zusammenbeißen und nächstes Jahr selbst eine Brut großziehen? Ich schaue lieber sowenig wie möglich hin und schalte Musik ein.

31. Mai. Draußen etwa elf Grad und grauer Himmel.

Sowjetoper

Montag, 26. Juni 2006

Ich gehe nie aus eigenem Antrieb in die Oper, immer werde ich mitgenommen, zum Beispiel, weil ein Abonnementbesitzer am fraglichen Abend nicht kann. Ich komme einfach nie auf die Idee, in die Oper zu gehen, aber gerade wenn man unverhofft eine zu hören bekommt, kann einen die Musik bis ins Mark treffen. Am Sonntag nachmittag habe ich Dmitri Schostakowitschs *Lady Macbeth von Mzensk* gesehen. Unglaublich schön und sehr sinnlich, nackte Brüste, Männer, die Wände hinauflaufen, viel Wasser, Vögeleien in Stroboskoplicht, Blut. Das Bühnenbild war großartig und die Solisten und der Chor so gut, daß sie nie störten.

Deutsche Schäferhunde spielten auch mit. Hunde in einer Oper oder in einem Drama, das ist immer heikel. Am Anfang lagen zwei auf der riesigen Bühne. Der eine frei, der andere angeleint, er wurde ab und zu mit einem Stock gepiekst. Heikel ist es vor allem, weil die Tiere nichts von dem begreifen, was sich da vor ihren Augen (und Ohren) abspielt. Der eine Hund, den ich sehr gut sehen konnte, hob manchmal den Kopf und blickte in den Saal, und dann mußte ich lachen. Es war, als würde er dort etwas Verdächtiges hören oder einen Bekannten erspähen. Wenn Katerina Ismailowa laut sang, spitzte er die Ohren und schaute sie gelangweilt an. Ich konnte nur diesen Hund ansehen und war irgendwie erleichtert, als er bei einem Szenenwechsel von der Bühne verschwand. Viel später kamen beide als Wachhunde wieder, geführt von Wächtern in Lederkluft. Aber zu diesem Zeitpunkt achtete ich kaum noch auf sie, die Geschichte und vor allem die wundervolle, urrussische Musik hatten mich mitgerissen. Immerhin fiel mir auf, daß sie beide diese stark gebeugte Hinterhand hatten, typisch für Deutsche Schäferhunde. Der eine wedelte mit dem Schwanz, der andere nicht, der war entweder wirklich unglücklich oder hatte schlimmes Lampenfieber.

Stalin mochte das Stück übrigens nicht. »Das ist Chaos und keine Musik«, soll er gesagt haben, als er das Bolschoitheater vorzeitig verließ.

Mann und Pferd

Donnerstag, 27. Juli 2006

Gestern morgen kurz nach halb neun, ich war mit dem Rad unterwegs, bin ich meinem Eisschnellaufidol Jochem Uytdehaage begegnet, auf dem Gooimeerdijk mit seinen vielen Windrädern. Ich war allein, konnte also nicht windschattenfahren. Und wie gern würde ich jetzt berichten können, daß Jochem mir zurief: »Fahr hinter mir, Wechsel an jedem Windrad!« Aber nein, er rief gar nichts. Er hatte ein Mädchen in seinem gewaltigen Windschatten und fuhr außerdem in die entgegengesetzte Richtung. Später mußte ich fünfunddreißig Minuten auf die Fähre nach Strand Horst warten und vergaß meine Radhandschuhe.

Mein Ziel war ein kleines Häuschen in Gelderland, noch ein Stück von Strand Horst entfernt. Nachmittags war es so unglaublich heiß, daß man auch im Garten nicht schlafen konnte. Und ich mußte schlafen, denn nach dem ersten Gespräch über *Oben ist es still* war ich so in Panik, daß ich in der Nacht nur drei Stunden schlief und, weil ich sowieso nicht mehr einschlafen konnte, um Viertel nach sechs aufstand, um nicht in der Gluthitze radfahren zu müssen. Schon vor meiner Runde, etwa um halb acht, war es so heiß, daß ich kein Hemd anzog. Obwohl ich eigentlich den Anblick all dieser (älteren) Männer hasse, die schamlos halbnackt radfahren. Weil ich aber kein Hemd anhatte, konnte bei meiner Rückkehr Pferd Mickey, das schräg gegenüber vom Haus weidet, mit seinem Kopf meinen nackten Oberkörper berühren. Es schnupperte, seine samtene Nase streifte meinen Nabel, es drückte den riesigen Kopf an meine Brust, die Wange an meine Flanke. Und wie gern würde ich jetzt berichten können: Wir lebten noch lange und glücklich.

Aber nein, das ist ausgeschlossen. Menschen und Tiere können und dürfen nicht heiraten. Zusammenleben schon. Nun ist mein Haus zwar gar nicht so klein, trotzdem habe ich Mickey nicht mit nach Amsterdam genommen, obwohl ich dann zwölf Euro für die Fahrkarte gespart hätte. Denn wenn man mit einem Pferd zusammenlebt, kann man sich immer kostenlos fortbewegen. Später am Abend, als es etwas kühler wurde, lief Mickey bestimmt hundert Runden und ließ dabei fünfzehn dicke Fürze, auf der sommerabendstillen Terrasse des Häuschens gut zu hören.

Pferde. Es gibt kaum schönere Wesen auf Erden. Aber, um ehrlich zu sein, Jochem im ärmellosen Thermohemd kann sich auch sehen lassen.

Immer der August

Montag, 31. Juli 2006

Es ist frisch und bewölkt. Morgen haben wir den 1. August, und es wird Zeit, wieder in die Gänge zu kommen, obwohl das halbe Land gerade jetzt Urlaub macht. Alles ist vorbei: Wimbledon, Tour de France, Fußballweltmeisterschaft, der Sommer schleppt sich mattgrün und blütenlos weiter (wenn man von der zauberhaften Schwanenblume – *Butomus umbellatus* – und der Gelben Teichrose – *Nuphar lutea* – absieht), bis es dann wirklich Herbst wird, hoffentlich mit ein paar schönen, milden Septembertagen. Mancher zerstreute oder rücksichtslose Bauer hat seine Schafe immer noch nicht geschoren, sämtliche Volksvertreter sind in Ferien, die Kühe beachten die Kanufahrer nicht mehr und legen sich zum Spaß selbst auf den Waalstrand, Wiesenweihen schweben wie altmodische Fluggeräte über unbewegtem Wasser, auf das der Regen trommelt, auf den Campingplätzen graben Kinder Rinnen um die Zelte.

Ist das nur mein Problem, oder dauert der Sommer tatsächlich immer mindestens einen Monat zu lang? Einunddreißig überflüssige, zähe Langweiltage, an denen allgemeine Unschlüssigkeit herrscht. Für zwei Wochen schließen oder lieber doch nicht? Flugzeug oder Auto? Endlich den Garten in Ordnung bringen, oder geht das im Sommer eigentlich nicht? Barcelona? Nein, da herrscht dank Überfischung eine gewaltige Quallenplage, ins Meer könnten wir deshalb sowieso nicht. Warum nicht einfach anfangen zu schreiben, oder doch noch warten, trödeln, grübeln? Und ist dieser eine überflüssige Monat, der anscheinend zum Sommer gehört, immer der August?

Laichteich mit Badekabinen

Dienstag, 1. August 2006

Heute nachmittag um 16:00 Uhr wurde trotz dramatischer Wetterbedingungen auf dem Wogmeerpolder, im hinteren Teil der Obstwiese beim Hof De Nieuwe Proef, von einem Abgeordneten der nordholländischen Provinzialstaaten der neue Laichteich offiziell eröffnet. Mit dem Spaten. Es gab an diesem Tag zwei heftige Schauer, und der eine von ihnen, der heftigere, kam genau um vier Uhr. Ein Abgeordneter aus Den Haag, von dem ich nur den Vornamen kenne, war ebenfalls anwesend, und ein sehr freundlicher Beigeordneter, dessen Namen ich leider komplett vergessen habe. Auch die Politiker waren hinterher schlammbespritzt und völlig durchweicht. Als ich mit dem Beigeordneten zum noch trokkenen Teich geschlendert war, hatte er gesagt: »Das passiert einem auch nicht so oft, daß man ein Buch liest und zwei Tage später dem Autor begegnet.« Nach einigem Nachdenken mußte ich zugeben, daß mir das überhaupt noch nie passiert ist.

Die durchweichten Politiker stachen ein bißchen Lehmboden aus, so daß sich ein Rinnsal bildete, aber glücklicherweise stand ja der Bagger noch bereit, der dann mit zwei Bissen das ganze Dammstück wegfraß, und innerhalb einer Stunde füllte sich der Teich. Seltsamerweise sank der Wasserstand im Ringgraben nicht. Am Ende der Stunde sahen wir schon eine Schule Stichlinge vorsichtig in den Laichteich schwimmen, zu dieser Zeit schien längst wieder die Sonne. Später gab es natürlich etwas zu trinken und einen Imbiß, ich nannte dem Fahrer des Provinzabgeordneten meine E-Mail-Adresse, damit sein Chef mir ein paar Fotos schikken konnte, noch später bekamen wir warmes Essen und mehr zu trinken, und einer der Bewohner von De Nieuwe Proef erzählte, daß schon zwei Tage lang Flußseeschwalben immer wieder über die leere Grube geflogen waren und unauffällig Ausschau gehalten hatten. Aha, eine Grube, bald schwimmen hier Leckerbissen herum, hatten sie sicher gedacht. Weil die Stichlinge sich offensichtlich wohl fühlten, schwammen wir nach dem Essen selbst ein bißchen in dem Teich, der übrigens verdammt tief ist. Nackt natürlich, mit bloßen Füßen durch den bläulichen Lehm, das macht Spaß. Die Flußseeschwalben kamen auch wieder, aber wir waren dann doch zu große Leckerbissen und die Stichlinge längst verschwunden. Nach dem Schwimmen, als wir uns den Walnüssen, Äpfeln und Birnen zuwandten, wurde angeregt über Badekabinen, Sprungbretter und Ruhebänke gesprochen. Die Fische können den Teich also wohl vergessen. Sie werden anderswo laichen müssen.

Tote Hühner

Sonntag, 3. September 2006

Mein zehnjähriger Neffe hat mir heute nachmittag eine Geschichte von einem Viehhändler erzählt. Weil die Hühner des Viehhändlers Läuse hatten, habe er ihnen ein Läusemittel für Kühe gegeben (als Viehhändler!), und am nächsten Tag seien alle Hühner tot gewesen. Um das irgendwie wiedergutzumachen oder besser darüber hinwegzukommen oder aus welchem Grund auch immer, habe dieser Viehhändler meinem anderen, siebenjährigen Neffen einen ganzen Rosinenstuten für dessen Hühner mitgebracht; der Junge hält nämlich Hühner, um mit den Eiern viel Geld zu verdienen. Bei dieser Gelegenheit hat der Viehhändler den beiden Jungen seine Tote-Hühner-Geschichte aufgetischt. Aber der Siebenjährige wollte den Rosinenstuten dann nicht mehr an seine Hühner verfüttern, weil er befürchtete, seine Goldeier-Lieferanten würden daran sterben. Was meiner Ansicht nach durchaus hätte passieren können.

Gemeiner Mandschurenkranich

Samstag, 14. Oktober 2006

Gestern vormittag in Artis ist der Mandschurenkranich, den ich noch nie aggressiv erlebt hatte, ziemlich rabiat auf mich losgegangen. Später ein zweites Mal. In der Nähe standen ein paar ältere Leute, und ein Mann sagte: »Der hat's auf Sie abgesehen.« Daß die Nandus reichlich reizbare Viecher sind, an Reizbarkeit dem allerreizbarsten Tier des Zoos – Tanja, dem Flußpferd – beinahe ebenbürtig, wußte ich ja. Aber dieser anmutige Kranich? Schon einmal hatten mich hilfsbereite ältere Artis-Besucher auf das besondere Verhalten eines Tieres hingewiesen, nämlich an dem Tag, als ein Kapuzineraffe sich in mich verliebte. Was für ein Schauspiel. Stundenlang bin ich in dem stinkenden Affenhaus geblieben, und die Seniorengruppe auch. Am nächsten Tag bin ich wiedergekommen (eine Jahreskarte hat ihre Vorteile), aber da hatten sämtlich Kapuzineraffen ihren Allerwertesten der Glasscheibe zugewandt, und außerdem konnte ich beim besten Willen *mein* Äffchen unter all den uninteressierten Primaten nicht entdecken. Die Verliebtheit war also nicht sehr beständig. Trotzdem sehe ich immer noch dieses Händchen auf dem Glas, das Händchen auf dem Herzen, den schmachtenden Blick, den halb abgenagten Apfel.

Halb-und-Halb-Rind

Montag, 23. Oktober 2006

Stundenlang habe ich gestern drei alte, dicke Eschen kleingesägt – so klein, daß meine Mutter sie in den Ofen schieben kann –, und das hat meinen Kopf wieder schön frei gemacht. Toos, der schokoladenbraune Labrador meines Bruders, stand hinter mir und schnappte nach Holzschnipseln, bis ich ihn wegschickte, ich hatte eine Heidenangst, daß sein Kopf plötzlich zwischen meinen Beinen auftauchen und unter die Säge geraten könnte. Meinen Neffen Jan habe ich auch weggeschickt, denn ihn sah ich in Gedanken schon von den dicken Stümpfen purzeln und dabei ebenfalls der Kette gefährlich nah kommen.

Mein Vater bringt es fertig, das Holz, das ich säge, mit bloßen Händen festzuhalten, entweder weil er großes Vertrauen in meine sägerischen Fähigkeiten hat oder weil er die Gefahr nicht sieht. Dabei müßte gerade er sie sehen. Einmal hat er einen Ast abgesägt, der ein bißchen zu hoch über ihm hing (der Baum war übrigens auch eine Esche). Erst als der Ast sich vom Stamm löste, begriff mein Vater, daß ihm nur noch zwei Möglichkeiten blieben: Entweder ließ er die Säge los (eine Säge ohne all die raffinierten Sicherungen, die man heute hat), um mit den Armen seinen Kopf zu schützen, oder er hielt sie fest und fing den Ast mit seinem unbehelmten Kopf auf. Er entschied sich für die erste Möglichkeit, weshalb die Säge sein Knie erwischte, er aber keinen Schädelbasisbruch erlitt. Trotzdem will er immer unbedingt das Holz halten. So daß ich ihn wie den Hund und den Neffen wegschicken mußte. Nicht einfach, seinen Vater wegzuschicken.

Gestern war ein grauer Tag, windig, und als ich mit Sägen aufhörte, fing es an zu regnen. Später zeigte mir mein Vater das neue Lakenvelder Kalb. Das war nicht ganz so, wie es sein sollte: eine schöne Fellfarbe zwischen Braun und Schwarz und der charakteristische weiße Gurt, aber der Kopf eines Blaarkop. »Weiterzüchten«, sagte ich. »Das ist kein mißglücktes Lakenvelder, das ist eine neue, einzigartige Rasse.«

Tote Amsel

Dienstag, 7. November 2006

Heute war ich wieder bei dem alten Mann in Venhuizen. Dem mit der Klo-Reimerei von dem Geist, auf den man scheißen soll, und der Schlittschuhsammlung. Als ich ankam, war er nicht zu Hause, und so hatte ich reichlich Zeit, alle Keramikweisheiten auf der Außenwand zu studieren. *Ein Unglück bringt selten Schwein; Gott schuf die Zeit, von Eile hat er nichts gesagt* (okay, dachte ich und rauchte in aller Ruhe eine Zigarette); *Wer keine Fehler macht, macht meistens gar nichts.* Das würde ich mir auch gern an die Wand hängen. Schließlich kam er – von seiner Freundin, sagte er –, und wir fuhren zur Eisbahn in Hoorn (mit seinem Auto, der Mann ist achtzig, ich habe jetzt schon Muskelkater vom Mitbremsen). Dort benannte er sämtliche Schlittschuhe in den Vitrinen, ich notierte die Namen und werde sie gleich an die Stadtverwaltung von Hoorn mailen, damit sie schöne Schildchen machen läßt, und dann kann ich endlich ein paar Arbeitsstunden abrechnen.

Später, an Gleis 1 auf dem Bahnhof von Hoogkarspel, lag eine dicke Amsel auf dem Rücken, Augen geöffnet, Beinchen in die Höhe gestreckt. Ein Mann, der kurz nach mir den Bahnsteig betrat, brachte es auf den Punkt: »Die is da gegen dat Glas geknallt, deshalb dat Blut am Kopp.« Ja, so war es. Einfach mausetot, weil die Bahn zu geizig war, Warnvögel auf die Scheiben des Wartehäuschens zu kleben. Bald darauf kam die Durchsage: »Der Zug in Richtung Amsterdam, planmäßige Abfahrt 13:08 Uhr, fällt heute aus.« Nach einer halben Stunde erklärte uns eine Frau, die mit halbstündiger Verspätung ankam, dem Lokführer ihres Zuges sei »schlecht geworden«.

Boletus edulis

Mittwoch, 15. November 2006

Erst heute habe ich erfahren, daß der Grünling nicht nur ein Vogel, sondern auch ein tödlich giftiger Pilz ist. Als ich mit jemandem durch den Wald spazierte. Dieser Jemand trug ein Messer bei sich. Damit schnitt er einen Steinpilz nach dem anderen ab, inspizierte ihn genau und warf ihn dann entweder weg oder steckte ihn in einen Baumwollbeutel. Ich finde ja selbstgesammelte Pilze lebensgefährlich. Abgepackt und mit Namen versehen im Supermarkt sind Pilze okay, aber frisch aus dem Boden, mit dem Geruch von faulendem Holz und gärendem Laub? Außerdem bestand meines Erachtens keine täuschende Ähnlichkeit zwischen dem *Boletus edulis* auf der Abbildung im Internet und den Pilzen, die mein Begleiter sammelte. Gut möglich, daß ich die heutige Ernte demnächst zu essen bekomme, nachdem sie gekocht, eingefroren und aufgewärmt wurde. Dann werde ich schon merken, ob er die richtigen erwischt hat. Denn dann bin ich bald tot oder nicht tot. Einen Grünling habe ich heute übrigens auch gesehen (den Vogel). Außerdem viele Hunde, Pferde, Kühe, Elstern, eine Katze (die sich auf den Rücken rollte), eine Rabenkrähe (auf einer Birke) und drei Enten. Und Menschen natürlich. Die sieht man wirklich überall.

Mickey, vier Monate später

Freitag, 17. November 2006

Das Pferd Mickey aus Ermelo freute sich, als ich es rief. Es rannte nicht und kam auch nicht direkt auf mich zu, sondern trottete ganz ruhig durch den Sand, mehr oder weniger in meine Richtung. Während es unterwegs war, sprach ich ein bißchen mit ihm. Und als ich dann den Finger in seinen Nüstern kreisen ließ und ihm mit den Händen den Hals und die Flanken striegelte, konnte es gar nicht genug davon bekommen. Ich hatte angefangen, die Lorbeerkirschenhekke mit der elektrischen Heckenschere zu beschneiden (wenn meine Lehrer von der Gartenbauschule das lesen, kriegen sie einen Herzinfarkt. Eine Lorbeerkirschenhecke beschneidet man mit einer Handschere. Ja, halte ich dagegen, fünf Meter vielleicht, aber nicht fünfundzwanzig oder mehr!), und als ich damit weitermachte, blieb es in meiner Nähe.

Später (zehn Meter weiter, ich meine, als ich mit der Hekke zehn Meter weiter war und tatsächlich überall kaputte Blätter hingen, die natürlich braune Ränder bekommen, aber, halte ich dagegen, das macht nichts, denn der Winter naht, und im Frühjahr sieht sie ordentlich und frisch aus) stand Mickey immer noch in meiner Nähe. Ich legte die

Schere mitten auf die Straße, ging zu ihm und streckte einfach die Hand nach seinem Kopf aus. Das ließ sich der Herr nicht bieten. Er hob das großartige Haupt, drehte sich um und trottete ans entgegengesetzte Ende seiner Koppel, wo es nichts zu sehen gab.

Man lernt doch nie aus (dabei bin ich in meinem Leben schon so manchem Pferd begegnet). Mit einem Pferd sollte man offenbar immer erst sprechen, es muß ein bißchen Zeit haben, sich an einen zu gewöhnen. Nicht gleich mit gierigen Fingern nach ihm greifen, dafür ist es viel zu sensibel, das mag es nicht. Edle Tiere, ohne Zweifel. Mit einer Kuh zum Beispiel kann man alles machen, mit einem Hund auch, und Hühner rennen immer weg, egal, was man tut (am Ende landen sie sowieso auf dem Teller, weil Menschen schneller rennen). Auch Schafe mögen Menschen nicht besonders, sie laufen ein kleines Stück davon, drehen sich um, stampfen und sehen einen böse an. Wenn ich so darüber nachdenke: Im Grunde sind Pferde in dieser Hinsicht doch ähnlich veranlagt wie Katzen.

Komische Vögel

Dienstag, 12. Dezember 2006

Im Studio unseres regionalen Fernsehsenders in Anna Paulowna saß der Verkehrssicherheitsexperte, um sich herum allerlei Gegenstände, die er für seinen Auftritt brauchte. Er sollte erklären, wie man sich unter Wasser aus einem Auto befreit. Ich wartete im Nebenraum und konnte sehen und hören, daß er seine Sache wirklich gut machte. Ich werde nun niemals vergessen, was ich in einem Auto unter Wasser tun muß, das heißt, bis ich tatsächlich in einem Auto unter Wasser sitze, denn dann werde ich in helle Panik geraten und mit Sicherheit nicht diese ruhige Stimme hören, die mir die richtigen Anweisungen gibt. »Ich war ganz schön nervös«, sagte er hinterher, während er eilig in seinen Mantel schlüpfte. »Davon hat man nichts gemerkt«, erwiderte ich. Er machte sich schnell davon. Fünf Minuten später saß ich auf seinem Stuhl. Der Interviewer wollte schon anfangen. »Brauche ich kein Mikro?« fragte ich vorsichtshalber.

Man konnte mir keins geben; der Verkehrssicherheitsmensch hatte das sauteure Klemmikrophon mitgenommen. Nach einer knappen Viertelstunde kam er wieder. Im Auto hatte ihn auf einmal etwas merkwürdig Schweres in seiner Brusttasche gestört.

Heute morgen flogen hier große Scharen von Gänsen in die falsche Richtung. Die Sonne stand so tief, daß Autofahren fast unmöglich war, überall lauerten Gräben und Kanäle. Und immer wieder Gänse, die nach Norden flogen. Als ich bei meinem Bruder war, landete ein Fischreiher auf dem Dach des Bauernhofs. Nicht auf dem First (der war von Staren besetzt), sondern auf der Schräge. Dort fand er natürlich keinen Halt. Er rutschte abwärts, und wenn er nicht im letzten Moment noch mit dem Ausbreiten der Flügel fertig geworden wäre, hätte er sich in der Dachrinne die Beine gebrochen.

Ich war froh, als ich endlich im Zug saß. Ich habe noch nie von einem Zug gehört, der in einen Kanal gefahren wäre.

Wenn Vögel uns den Spiegel vorhalten

Montag, 18. Dezember 2006

Gerade hatten wir in den Niederlanden das »nationale Vogelzählwochenende«. In allen Provinzen des Landes haben Familien am Samstag und Sonntag eine Stunde lang, insgesamt also zwei Stunden, mit Adleraugen (haha!) Ausschau nach Vögeln gehalten und auf Vordrucken Häkchen gemacht. Zu den erfreulichsten Ergebnissen gehört, daß der Haussperling wieder auf dem Vormarsch ist und fast schon von der roten Liste gestrichen werden kann. Außerdem deuten erste Hochrechnungen darauf hin, daß einige Arten (unter anderem der Zilpzalp) nicht mehr nach guter alter Sitte gen Süden ziehen, sondern dableiben. »Das ist auf den Klimawandel zurückzuführen«, sagte ein Sprecher des Vogelschutzbundes mit drohendem Unterton.

Bei meinen Eltern hat gestern niemand gezählt, denn der Geburtstag meiner Mutter war wichtiger. Mein Vater hat im Garten einen regelrechten Futterwolkenkratzer errichtet, und auch außen an diesem Bauwerk hängt noch alles mögliche Eßbare, zum Beispiel mit Fett getränkte Kiefernzapfen. Gestern haben zwei Türkentauben den Futterplatz für lange Zeit besetzt und die Zilpzalpe, Wiesenpieper, Gartenbaumläufer, ja sogar die frechen Kohlmeisen auf Distanz gehalten. Denn die kleinen Vögel waren natürlich keine Gegner für die fremden Tauben, die außerdem noch alles vollschissen und damit die Leckerbissen auf dem Boden für Vögel jeglicher Art ungenießbar machten. Ich hatte das mehrsprachige *Große Wörterbuch der Vogelsprachen* auf dem Schoß und übersetzte das Geschimpfe der vertriebenen, ungeduldig wartenden Vögelchen mit »Ausländer raus!«. Im Gegenzug versuchten die Türkentauben die Einheimischen noch mehr zu provozieren, indem sie mit hochtrabendem Gurren das Massaker an den Kernbeißern leugneten, das sich vor fünf Jahren im selben Garten zugetragen hatte.

»Hol dein Gewehr!« riefen empörte Geburtstagsgäste meinem Vater zu. Aber der schaute nachdenklich hinaus, schüttelte weise den Kopf und aß ein zweites Teilchen.

Sjaak

Mittwoch, 27. Dezember 2006

Bevor wir gestern unser Weihnachtsmahl zu uns nahmen, trafen wir in den Donkere Duinen mit einem Bloodhound (auch Hubertushund genannt) zusammen. Buchstäblich. Wir waren etwas zu spät aufgebrochen, es war schon dunkel, und der Hund kam immer wieder von hinten angelaufen und drängte sich fröhlich an uns. Meine kleinen Neffen und Nichten suchten ängstlich bei mir Schutz (das Tier war doppelt so groß wie der kleinste der Jungen), aber ich sagte: »Wenn ein Hund frei laufen darf, tut er nichts.« Das jedenfalls möchte ich dann immer glauben. Ich kam mit dem Frauchen ins Gespräch und erfuhr, daß der Hund Sjaak hieß. In der Nähe des Parkplatzes rannte einer der Jungen vor. Sjaak schlug an und sprang bei jedem Bellen mit allen vieren gleichzeitig hoch. So etwas hatte ich noch nie gesehen, der Hund erinnerte stark an einen Springbock. »Ja«, sagte das Frauchen, »wenn einer aus der Gruppe wegläuft, fängt Sjaak an zu bellen, es gefällt ihm nicht, wenn die Gruppe nicht zusammenbleibt.«

Das gehört zu den Dingen, die ich an Hunden so phantastisch finde: Eine Katze holt sich Liebe und Geborgenheit, ein Hund bringt Liebe und Geborgenheit. Auf doggynet.nl wird der Bloodhound als »schüchtern« und »schnell gekränkt« charakterisiert. Großartig. Was für ein sympathisches Tier.

Kane

Sonntag, 4. Februar 2007

Veluwe-Heideschafe sind edle Tiere. Doch als der kleine Fedor Henk Willem Gerbrand eins dieser Schafe hartnäckig als Kuh betitelte, wurde er von ihm rücksichtslos umgerannt. Er hat nicht geweint. Dieses Schaf war nicht nur edel, es war auch feinfühlig. Wie Kane, der Border Collie, der auf eine ganze Gruppe von Heideschafen aufpaßte. »Wenn man ihn zu hart anfaßt, verschwindet er einfach für einen ganzen Tag«, berichtete der Besitzer. »Ein sehr feinfühliger Hund.« Kane sprang an mir hoch, wobei er meinen Mantel schmutzig machte, und leckte mir übers Gesicht. Sehr feinfühlig.

Eigentlich waren wir nur aus Versehen an dem Schafpferch in der Loenermark gelandet. Auf der Rückfahrt von einer »Wochenendhochzeit« in der Nähe von Zutphen. Jetzt, einen Tag danach, denke ich vor allem an Kane, den feinfühligen Border Collie, der erst zwei Jahre alt und noch in Ausbildung ist. Ich glaubte zu hören, wie sein Herr ihm einige Befehle auf walisisch gab. Er hatte noch zwei andere Hunde, die beide weiter waren. Kane nahm den Maschendrahtzaun mit einem gewaltigen Sprung. Der Hund freunde sich zu leicht mit jedem an, meinte der Besitzer und gab sich große Mühe, empört zu klingen.

Als wir wieder aufbrechen wollten, sprang Kane noch

einmal an mir hoch und versuchte sich an meinen Armen festzuhalten, genau wie Mawn es immer tut, ein Border Collie aus Nordwales, den ich schon lange kenne. Ich rief dem Besitzer zu, daß ich den Hund gern mitnehmen würde. »Von mir aus«, antwortete er, kurz bevor er zu den Schafen ging. »Ich kriege demnächst einen neuen, aus England.« Natürlich, England.

Boris und Bürostuhl

Freitag, 9. Februar 2007

Gestern vormittag, bevor ich circa fünfunddreißig Frauen in einem Penthouse-Wohnzimmer in Lelystad traf, traf ich Boris. Boris lebt in Almere, ist zehn Jahre alt, hat dunkelbraune Augen und ziemlich kurze Beine. Boris ist ein Rauhhaardackel. Das neue Gebäude, in dem er wohnt (sein Herrchen ist Architekt), ist mit Fußbodenheizung ausgestattet, und innerhalb von zwei Tagen hatte Boris die wärmste Stelle entdeckt: hinter dem Kühlschrank. Der Kühlschrank steht jetzt woanders, es ist ja kaum sinnvoll, wenn etwas, das kühlen soll, an der wärmsten Stelle des Hauses steht. Boris kann sehr schön jaulen. Auch ich kann sehr schön jaulen, wir hatten also Spaß zusammen. Stöhnen kann er auch und mich dabei mit diesen rehbraunen Augen anschauen, oder meinen Mund anstarren, wenn Brot darin verschwindet. Und immer stöhnen und jaulen. Den Käsehändler, der Ware lieferte, mochte er auch sehr, aber der war vollauf mit Kassieren und Händewarmreiben beschäftigt und beachtete ihn nicht. Weshalb Boris wieder zu der Stelle trippelte, an der einmal der Kühlschrank gestanden hatte und jetzt sein Kissen liegt, der wärmsten Stelle im neuen Haus, die allein ihm gehört. Das für uns so aufregende Schneetreiben draußen interessierte ihn nicht.

Die circa fünfunddreißig Frauen saßen auf Sofas, Küchenstühlen, Klappstühlen und vermutlich dem einen oder anderen Hocker. Der Autor saß neben einem kleinen runden Tischchen mit glänzender Platte, auf einem Bürostuhl. Es war einer von den Stühlen, deren Rückenlehne sich hydraulisch gegen den Rücken des Sitzenden preßt, das heißt, jedesmal, wenn man sich vorbeugt, beugt sich die Rückenlehne mit und schiebt einem das Hemd oder die Jacke hoch. Außerdem hatte der Stuhl Rollen, und der Boden war gefliest. Der Autor war froh, als er in der Pause auf dem Balkon eine Zigarette rauchen konnte. Der Schnee lag zwei Zoll hoch. Lelystad war weiß und still, drinnen wurde Tee getrunken.

Später, vom Zug aus, der ganz normal fuhr, sah der Autor Hunderte von Rehen, die im Oostvaardersbos die Bäume auffraßen, und, so unwahrscheinlich es klingt, genau dieselben Kühe wie auf dem Umschlag seines Buches.

Kurzmeldung

Mittwoch, 14. Februar 2007

Manchmal fallen Kurzmeldungen allzu kurz aus. Zum Beispiel ein Bericht, den ich vorletzte Nacht auf NOS-Videotext las: *In einem Zoo im belgischen Olmen hat ein Gepard eine siebenunddreißigjährige Frau getötet. Sie war eine regelmäßige Besucherin des Zoos und hatte sich den Schlüssel zum Gehege verschafft.*

Bitte? Auch ich bin regelmäßiger Zoobesucher, das bedeutet aber noch nicht, daß ich mir den Schlüssel zu irgendeinem Gehege verschaffen könnte. Eine Kurzmeldung aus gerade einmal zwei Sätzen. Nur: Was steckt hinter diesen Sätzen? Hat sie vielleicht geglaubt, sie habe eine »Beziehung« zu dem Geparden aufgebaut, sie und nur sie habe durch innigen Blickkontakt das Wilde seiner Natur bezwungen? Wollte sie die Nacht mit einem großen Katzenartigen verbringen – inspiriert von dem Film *Katzenmenschen* mit Nastassja Kinski und Malcolm McDowell und mit dem wunderschönen Song von Giorgio Moroder (*Putting out the fire / With gasoline … See these eyes so green / I can stare for a thousand years / Just be still with me / You wouldn't believe what I've been through*) –, vergaß aber zu bedenken, daß sie selbst sich bei sexueller Erregung noch nie in einen Panther verwandelt hatte?

Oder wußte sie genau, was sie tat, als sie in den Käfig kroch, dachte sie: Ich mache es anders? Ich will nicht als zerstückelter Körper auf einem Bahngleis oder als Erhängte im Türrahmen meiner Küche in die Zeitung? Wenn ich so überhaupt in die Zeitung käme? Also schlich sie nachts in den Olmener Zoo, öffnete leise die Käfigtür und hielt ihre Kehle freiwillig dem Geparden hin, den sie schon seit Monaten zu reizen versuchte? *Sie hatte das Tier adoptiert*, lese ich gerade – als dritten Satz – in der Online-Ausgabe einer Tageszeitung. Mein Gepard, mein Freund, mein großes Kuscheltier. Vielleicht waren das ihre letzten Gedanken.

Speck

Dienstag, 6. März 2007

Freunde von mir lesen ihrer Tochter jeden Abend beim Zähneputzen aus einem Kinderbuch vor. Von einem Bauern und seiner Frau und ihrem kleinen Hof. Der Bauer und die Bäuerin sind Schweine. Wenn der Eber morgens aufsteht, macht die Sau schon Frühstück. »Hm, lecker«, sagt der Eber, »Eier mit Speck!« Und bei jedem Vorlesen fragt sich der Vater (die Mutter denkt sich anscheinend nichts dabei): Ist der Autor nun unglaublich dumm, oder macht er einen Scherz? Einen Scherz, den ein dreijähriges Kind natürlich nicht versteht. Aber für wen ist er dann bestimmt? Eigenartig.

Wolf

Dienstag, 20. März 2007

In Utrecht, in einer dunklen, schmalen Straße parallel zur Vredenburg, gibt es eine Kneipe. Van Wegen heißt sie, und einmal im Monat findet dort ein Literaturabend statt, *Woorden bij Van Wegen*, mit Autoren, Journalisten und Fotografen und immer auch einem Hund. Einem alten Deutschen Schäferhund. Der alte Hund gehört einer alten Frau, die hinter der Kneipe wohnt; ich glaube, sie ist die Mutter des Wirts. Durch ein Innenfenster kann man direkt in ihr Wohnzimmer schauen. Ein Eßtisch mit Perserteppich darauf, ein großer Fernseher und zwei Sessel. Ich habe die Frau während des ganzen Abends nicht ein einziges Wort sagen hören. Die Veranstaltung war gut besucht, und die alte Dame kochte Kaffee, hinten in ihrem eigenen Reich. In der Kneipe selbst sammelte sie leere Tassen ein, und ein paarmal sah ich sie hinter der Theke stehen, ohne Sprechblase, aber mit einem Blick, der sagte: »Muß ich denn alles selbst machen?« Der Hund wacht über sie. Einmal mußte ich pinkeln und dachte, die Toilette wäre an dem Flur, an dessen hinterem Ende ich die alte Frau mit Kaffeekannen, Tassen und Spültuch hantieren sah. Ein Blick des Hundes machte mir unmißverständlich klar, daß ich es nur ja nicht wagen sollte, meinen Fuß über die Schwelle zu setzen. Alt ist der Hund, aber wenn er einen ansieht, sucht man die Toilette woanders.

Etwas später streifte er durch den Gastraum. Na, dachte ich, jetzt ist er doch auf neutralem Boden, und streckte vorsichtig die Hand nach seinem Kopf aus. Er blickte mich an, drehte sich um und ging in den Flur zurück. In diesem Lokal haben weder der Wirt noch seine Mutter das Sagen. Der alte Deutsche Schäferhund ist der Chef. Wie ein Alphawolf auf seinem Territorium, in seinem Teil des Waldes. Ich hätte mich der Länge nach rücklings auf den Boden legen und dem Hund die pochende Halsschlagader darbieten müssen, möglicherweise wäre ich ihm dann nähergekommen, möglicherweise hätte er mich dann beleckt, und ich hätte für kurze Zeit der unangefochtene Zweite in der Rangordnung sein dürfen.

Elch (und anderes)

Sonntag, 8. April 2007

Gestern bin ich mit einem Bus voller Bakkers nach Emmen gefahren, dort gibt es einen Zoo. Das heißt, bei unserer Ankunft erklärte der Fahrer, es seien jetzt sogar zwei Zoos.

Was aber nicht zu Meinungsverschiedenheiten führte, denn niemand wollte in den »neuen« Teil. Im »alten« Zoo löste sich unsere Gruppe gleich auf, und wir zogen stundenlang in wechselnden Kombinationen umher. Ärgerlich war vor allem, daß mein Neffe Julius verschwand: Er hatte das Einkaufswägelchen mit den Getränken übernommen, und in dem anderen Einkaufswägelchen, dem für den festen Proviant, waren über hundertzwanzig Brötchen, die mit irgend etwas hinuntergespült werden wollten. Mein Neffe Jan kletterte auf den Zaun des Bisongeheges, weil er ein paar freilaufende Totenkopfäffchen ganz aus der Nähe sehen wollte, und meine Mutter setzte sich mit ihrer hellen Leinenhose auf ein Mars Mini. »Ich glaub, das ist was anderes«, sagte ein furchtbar gemeiner Kerl, der hinter meiner Mutter die Treppe zu den Bartkäuzen hinaufging, während ich den Schokoladenfleck zu entfernen versuchte. Wir haben den Kerl alle gemeinsam so zusammengeschlagen, daß er – hoffentlich – eine Woche lang nicht scheißen kann.

Trotz der ganzen Aufregung habe ich immerhin einen Elch gesehen. Noch nie hatte ich einen in natura zu Gesicht bekommen; es sind gewaltige Tiere. Außerdem besuchten wir die drei Breitmaulnashörner und die Paviane, die vor einer Woche aus unerklärlichen Gründen von einem kollektiven Panikanfall heimgesucht worden waren, inzwischen aber offensichtlich nicht mehr an Panik litten. Schließlich brachte uns der Bus nach Nordholland zurück; unterwegs fraßen wir Chips, Mandeltörtchen und Minipizzen und wurden allmählich immer lauter. Am Rande von Wieringen machten wir dann bis in die Nacht ein Restaurant unsicher, indem wir uns mit Fritten und Fleischstücken bewarfen, möglichst laut herumbrüllten, Tischfußball mit Colaflaschen als Torpfosten spielten, das Schloß der Toilette zerstörten, so daß Jan eine Viertelstunde eingesperrt war (seine Strafe fürs Herumklettern bei den Bisons), Rotwein flaschenweise und Bier fässerweise bestellten und vor allem ständig rauchten, während andere noch aßen. Es war ein denkwürdiger Tag. Aber Eltern feiern eben nur einmal im Leben goldene Hochzeit.

Kröten und Katzen

Freitag, 4. Mai 2007

Wußten Sie, daß Kröten jaulen können? Ich nicht, bis ich vorige Woche im Garten des Witsen-Hauses am Amsterdamer Oosterpark saß. Außer meinem Gastgeber und mir hielten sich in diesem Garten auch zwei Katzen und zwei Kröten auf. Die Katzen waren hinter den Kröten her, die bei jedem Sprung in Richtung Sicherheit ein ohrenbetäubendes und unerträglich klagendes Heulen ertönen ließen, fast wie Katzen selbst manchmal klagen können. Weil ich es nicht mit ansehen und -hören konnte, habe ich beiden Katzen (obwohl sie ansonsten lieb und nett waren oder zumindest so taten) einen Tritt verpaßt.

Fahrradbrücke

Montag, 14. Mai 2007

Gestern nachmittag tobte der Wind. Und weil ich Lust auf Wind hatte, auf richtigen Sturm, und Sand, fuhr ich nach IJburg. Dort angekommen, machte ich große Augen: An der

Fahrradbrücke über den Amsterdam-Rhein-Kanal, genauer gesagt zwischen IJburg und dem östlichen Teil des Diemerzeedijk, war der Himmel schwarz von Mauerseglern. In der Nähe eines frisch aus dem Boden gestampften Wohngebiets? Ich weiß ja, daß diese Vögel mal kurz an einem Tag nach Paris und zurück fliegen, um über der französischen Hauptstadt Mücken und anderes Ungeziefer aus der Luft zu pflücken; ein Abstecher zu dieser aufgespülten Sandinsel im fast brackigen Gewässer ist also kaum der Rede wert. Aber danach müssen sie doch eigentlich zurück in die richtige Stadt mit ihren Mauerspalten und zerbröckelten Dachziegeln. An der Unterseite der Fahrradbrücke nisteten Rauchschwalben. Von wegen alte Scheunen oder Ställe mit großen Luken und Türen: eine nagelneue Brücke. Auch die unechten Vettern und Cousinen der schönsten aller Vögel hatten den großen Vorzug dieser Stelle erkannt: seichtes Wasser mit reichlich Mücken gleich darüber.

Heute gekauft: zwei *Euphorbia characias »Wulfenii«*, eine *Euphorbia amygdaloides »Purpurea«*, eine *Skimmia reevesiana*, zwei *Vinca minor »Alba«* und zwei *Ajuga reptans »Variegata«*. Eingepflanzt und großzügig gewässert habe ich sie auch gleich und in einem Aufwasch einen *Acer negundo »Variegatum«* zurückgeschnitten; der kannte nämlich seine Grenzen nicht. Anschließend Rind- und Schweinefleisch gegrillt, bei strahlendem Sonnenschein, obwohl es doch den ganzen Nachmittag heftig regnen sollte. Tja, hier nicht. Nicht in Schiedam und Vlaardingen. Schöne anderthalb Tage, morgen darf es bitte auch so sein.

Neue Wörter, immer gut

Montag, 21. Mai 2007

Am Wochenende habe ich zwei sehr schöne neue Wörter gelernt. *Campingbußgeld* und *Zeltklamotten*. Das erste hörte ich Samstag abend in einem Theaterstück; gemeint ist ein Bußgeld für die Mißachtung von Campingvorschriften. Das zweite wurde Samstag nacht von einem der Schauspieler gebraucht, und zwar für Kleidung, wie korpulente Frauen sie tragen müssen, weil »normale« ihnen einfach nicht paßt. »Sackkleider«, präzisierte er, »und Schals.« *Campingbußgeld* hörte ich in Uithuizen, das liegt in Groningen. Während der Vorstellung, auf einem Campingplatz, hatte sich ein schöner Mann an seinem Zelt zu schaffen gemacht, was sehr ablenkte, und zwei Männer, die keine Lust auf Theater hatten und deshalb demonstrativ vor Beginn der Vorstellung weggeradelt waren, kamen kurz vor Schluß ebenso demonstrativ zurückgeradelt. Außerdem lebten auf dem Gelände zwei liebe, große Pferde, ein bösartiges Shetlandpony und eine schwarze Katze, die der Verwalter zärtlich »Zwartje« nannte; aus dem Mund eines vierschrötigen Mannes mit riesigen Händen klang das ganz merkwürdig.

Während der Vorstellung legte sich der Wind, und über der sorgfältig gemähten Wiese wurde die Kälte in Form von Dunst sichtbar. Pferdedecken lagen herum, und Frösche machten sich lautstark den Hof oder paarten sich schon. Man kam sich tatsächlich vor wie im Sommer. Am Sonntag war auch in Garnwerd Sommer, das liegt ebenfalls in Groningen. Dort gab es sehr viele gemeine Shetlandponys, die bockten und Kinder abwarfen. Der schon erwähnte Schauspieler legte sich rücklings auf den Gehweg, um eine Zigarette zu rauchen, obwohl es seine Kinder waren, die auf der anderen Seite des Deichs von den Shetlandponys heruntersegelten. Ein Hund schaute nach, was er da machte, biß oder bellte aber nicht, es war ein ganz lieber English Setter, ein sanftes Tier. Später sagte der Schauspieler, er habe einen blauen Vogel gesehen, was ich für ganz unmöglich erklärte, es sei denn, es wäre ein Blauschwanz gewesen, der in den Niederlanden bisher nur zweimal als Irrgast beobachtet wurde. Heute denke ich: Wieso ist mir in dem Moment der Eisvogel nicht eingefallen?

Zander und Weideegge

Samstag, 26. Mai 2007

Am Donnerstag abend aß ich Zander und trank dazu Rosé. Währenddessen kämpfte ein Mann mit einem Nordholländischen Blauen. Einem Hahn. Der ein wenig zu dreist über den riesigen Hof paradierte und so tat, als wäre er der Chef von allem. Es floß Blut, Federn wirbelten durch die Luft, bei einem Tritt des Mannes flatterte der Hahn sogar bis zur Dachrinne hinauf. Und trotzdem kam das Tier immer wieder mit geschwellter Brust auf ihn zu. Ich saß dabei, aß inzwischen Wolfsbarsch (der als Meeresfisch sozusagen von Hause aus viel salziger ist als der Süßwasserbarsch Zander), trank inzwischen Rotwein und bewunderte eine große Erle, die schief gewachsen war, entweder wegen des stetigen Westwindes oder weil sie von einem Baum links von ihr bedrängt wurde, der jetzt nicht mehr dort steht. Später begann der Mann mit einer Art Spule auf einem Seil zu spielen, ich glaube, man nennt die Dinger Diabolo. »Hast du keine Federballschläger?« fragte ich. Nein, die hatte er nicht, obwohl er schöne, teure Federbälle besaß. Es war nämlich windstill, eigentlich also ideales Wetter für Federball, und auch der Ort wäre perfekt gewesen: Der Rasen, auf dem wir jetzt gezuckerten Rhabarber mit Äpfeln verzehrten, war groß und die Beerensträucher am Rand sicherheitshalber schon mit einem Netz bedeckt.

Im Laichteich hinter der Obstwiese badete ein Flußpferd. Behauptete der Hahnentreter, der Witzbold. Ein Bläßhuhn brütete, Fischlaich sahen wir nicht. Die Schafe verschwanden bis zum Kopf in dem hohen Gras. Viele verschiedene und sehr schöne Grasarten wachsen hier, weil der Boden immer karger wird. Typisch für eine Obstwiese, auf der jahrelang Schafe weiden. Ich sah eine alte, rostige Weideegge, die ich gern gekauft hätte, ein hübsches Requisit für einen neuen Garten in der Stadt, aber sie war noch in Gebrauch. Ein paar Stunden später setzte der japanische Gartenarchitekt mich und mein Rennrad vor dem Tor der in Rekordzeit abgebrochenen Kläranlage Oost ab, im Augenblick umzäuntes Niemandsland, der ausfransende Saum der Stadt. Noch fünf Minuten mit dem Rad, und ich war zu Hause.

Borrelia burgdorferi

Donnerstag, 14. Juni 2007

Für die Statistiker: Gestern und heute (13. und 14. Juni 2007) sechs Zecken entfernt. Verteilung: Rumpf, Unterbauch links; Rücken, links unten, rechts Mitte, rechts oben; linkes Bein, Kniekehle; rechter Arm, Handgelenk links. Sollte mir in den kommenden Wochen etwas zustoßen, kann ich genaue Angaben zu Tatzeit und -orten machen. Ein Problem: Wen könnte ich bitten, meine Gesäßspalte zu kontrollieren? Das dürfte nämlich der beste Platz für eine Zecke sein, dort kann sie einem unter Umständen tagelang Blut abnehmen und dabei *Borrelia burgdorferi* ausscheiden. Ich habe eine Theorie entwickelt: Hat man einmal Lyme-Borreliose gehabt und in einem frühen Stadium dreißig Tage lang ein starkes Antibiotikum dagegen eingenommen, ist man für Zecken überall auf der Welt leckerer als Leute ohne Lyme-Vorgeschichte. Nicht, daß ich etwa auf *LymeMed Nederland* irgendwelche Hinweise gefunden hätte, die diese Theorie untermauern. Sie stützt sich einfach auf die Tatsache, daß andere Menschen, die mit mir zusammen einen Wald durchstreifen oder in einem Garten Äste von Nadelbäumen absägen, hinterher in der Regel nicht eine einzige Zecke am Körper haben. Oder höchstens eine. An einer gut sichtbaren Stelle. Zekken, die sich den Rücken oder die Gesäßspalte aussuchen, müssen schlau sein.

Ansonsten wenig Neues hier. Nichts, im Grunde. Gestern war Mittwoch, morgen ist Freitag. Es gießt in Strömen, die Züge haben Verspätung, gestern habe ich zwei Hermeline blitzschnell die Straße überqueren und eine Kornweihe oder Wiesenweihe im Wald Slalom fliegen sehen (mögen Weihen Zecken?), außerdem zwei Glockenstühle besichtigt. Morgen werde ich mit Linda fotografiert, der Urmutter aller rotbunten Lakenvelder Kühe meines Vaters. Dann scheint bestimmt wieder die Sonne.

Es gibt kein Wiesenschaumkraut mehr

Sonntag, 17. Juni 2007

Und ob die Sonne schien. Einige Kühe und ein anderthalbjähriger Stier störten mein Fotoshooting mit Linda. Immerhin gaben sie sich große Mühe, dabei fotogen zu sein: Als ich mich auf Anweisung des Fotografen hingehockt hatte, begannen sie meine Ohren und meinen Kragen zu belecken. Nur nicht der Jungstier, der ein bißchen ängstlich war und brüllte. »Wächst hier eigentlich noch Wiesenschaumkraut?« fragte ich meinen Vater. Nein. »Gibt's hier viele Wiesenbrüter?« fragte der Fotograf. Nein. Dann schlüpfte er wieder in die Rolle des Interviewers und entlockte mir die Behauptung, daß Schafe, viel mehr als Kühe oder Pferde, menschliche Eigenschaften haben. Zwischen Schagen und Wieringerwaard hatte ich nämlich sowohl kräftige und vitale als auch hinfällig wirkende hinkende Schafe gesehen. Und ein frisch geschorenes, das sich reckte und tief und ansteckend gähnte. Und davor, auf der Zugfahrt von Amsterdam nach Schagen, konnte ich beobachten, wie ein auf dem Rücken liegendes Schaf vergeblich wieder auf die Beine zu kommen versuchte, während einen Meter daneben ein Schaf weitergraste, als wäre das andere nicht in Todesgefahr.

Heute mein kleiner Freund

Dienstag, 3. Juli 2007

Mein Vogelbuch behauptet im Artikel *Rotkehlchen*: *Zutrauliches Verhalten (und Einnahme charakteristischer, herausfordernder Posen) auf britische Unterart* Erithacus rubecula melophilus *beschränkt, im übrigen Europa meist scheu.* Dann wäre also heute, in einem Garten in Bloemendaal, den ganzen Nachmittag ein britisches Rotkehlchen (ein *robin*) hinter mir hergewesen. Wohin ich auch ging, es folgte mir und neckte mich, indem es sich auf möglichst kurze Distanz näherte. An der Eibenhecke nahm es eine sehr herausfordernde Pose ein, und als ich den Efeu zurückschnitt, zeigte es sich so zutraulich, daß es mir fast die Rosenschere aus der Hand gepickt hätte. Dieses Niedliche, diese Anhänglichkeit und Freundlichkeit und diese rosarote Federpracht (obwohl mein Rotkehlchen nach dem vielen Regen der letzten Zeit ein wenig zerzaust aussah)! Nur ist mein Vogelbuch eine Übersetzung aus dem Englischen, und man kennt ja die Briten: Wenn Tim Henman in Wimbledon spielt, tun sie so, als wäre er der beste, ja, der einzige Tennisspieler der Welt; bei den Autoren dieses Vogelbuches wird es ähnlich sein. Auch wir hier auf dem »Kontinent« haben natürlich zutrauliche Rotkehlchen, die sich herausfordernd verhalten!

Weil ich gegen halb sechs fertig war, fuhr ich mit dem Rad zur Buchhandlung Bloemendaal. Ich kannte den Laden schon, aber heute habe ich dort zum ersten Mal im Leben ein Buch gekauft; meistens bekomme ich Bücher umsonst. Es hat aber Spaß gemacht, obwohl das Buch verdammt teuer war: 34,90 Euro. Immerhin kann ich jetzt viele Abende lang Reve lesen. Seit Viertel vor sechs liegen in der Buchhandlung zwei signierte Exemplare meiner *Birnbäume*. Der Preis bleibt der gleiche: 16,90 Euro. Das Vogelbuch dagegen kostet 32,95 Euro. Nicht wenig, aber dafür bekommt man auch 1563 europäische Arten und 170 Irrgäste.

Schockierende Nachricht

Samstag, 14. Juli 2007

Manchmal muß man auf früher Berichtetes zurückkommen, in diesem Fall mit Bedauern. Am 17. Juni habe ich geschrieben: *Nur nicht der Jungstier, der ein bißchen ängstlich war und brüllte.*

»Der tut aber nichts«, hatte mein Vater an jenem Tag gesagt. Vorgestern sagte er: »Na ja, Jungstier ... Stier. Er war zwei Jahre alt.« War, jawohl. Zwei Tage nach dem kurzweiligen, entspannten und unfallfreien Fotoshooting gingen mein Bruder und der Tierarzt auf die Weide. Eine Kuh war krank. Die beiden Männer mußten durch einen Wassergraben waten, um ihre Haut zu retten, mit solch rasender Wut ging der Stier auf sie los. Am Tag darauf wurde er zum Viehmarkt gebracht, und jetzt liegt er auf vielen Tellern oder ist schon verdaut und auf dem Weg über Kanalisation und Kläranlage ins große, salzige Meer gespült worden. So schnell kann das in einem Tierleben gehen.

Apropos Verdauung, wegen des Treibhauseffekts: Die unzähligen Rinder, Schafe, Pferde, Schweine (Hühner nicht, glaube ich) machen mit ihren Gasen angeblich unseren eigenen Emissionen Konkurrenz. Durch das Rülpsen und Furzen der Nutztiere auf der ganzen Welt gelangt Tag für Tag eine gigantische Menge an Methan in die Atmosphäre. Was soll man dagegen tun? Man kann ihnen das Rülpsen und Furzen nicht verbieten, es sind nun einmal Tiere. Irgendwo habe ich von dem Vorschlag gelesen, Rindern und Schafen ein Antibiotikum zu verabreichen, das die Methanbildung – beim Wiederkäuen durch Mikroben hervorgerufen – verlangsamen soll. Verlangsamen? Aufgeschoben ist nicht aufgehoben, oder?

Gemse

Sonntag, 26. August 2007

Ich habe eine junge Gemse gestreichelt. Ihre filzigen kleinen Wangen waren beängstigend weich, ihre Äuglein mitleiderregend groß und braun. Sie fiepte, ein seltsamer Laut bei einer jungen Gemse. Mein Zäpfchen kribbelte ziemlich stark. Vor Liebe. Jemand hatte gesagt: »Schaut mal, die Bäuerin gibt einem Zicklein die Flasche.« Nachdem alle sich das eine Weile angesehen hatten, gingen die anderen weiter, zu einem schmutzigen, häßlichen Vietnamesischen Hängebauchschwein, das mürrisch herumwühlte. Ich sah mir das Zicklein noch einmal genau an und sagte in meinem besten Österreichisch: »Aber das ist ja gar keine Ziege, das ist eine ...« »Jawohl«, antwortete die Bäuerin. »Eine Gemse.« Sie ließ mich mit dem Tier allein. Es knabberte an meinen Fingern und meiner Berghose, vielleicht suchte es eine Zitze. In den österreichischen Bergen hat außerdem ein Haflinger meine Ohren beknabbert (er zog dabei die Oberlippe hoch, und im ersten Moment dachte ich: Paß auf, nicht daß er sich mit dir paaren will, wie dieses Kamel, das sich mit seinem neuen Frauchen vereinigen wollte – »Ich *liebe* exotische Tiere!« – und sich plötzlich auf sie warf, was sie nicht überlebt hat), und im Furtschaglhaus auf 2295 Meter Höhe, in dem wir wegen vierzig Zentimetern Schnee gezwungenermaßen zweimal übernachteten, hatte ich eine schöne Beziehung zu einem »Persischen Stragami«. Der Hüttenwirt veräppelte mich, ich glaubte wirklich, es gäbe eine Hunderasse namens Persischer Stragami, bis die Frau mich darüber aufklärte, daß Stragami für »Straßengassenmischung« steht. »Bei uns in Holland nennt man das ein Mülleimerchen«, erklärte ich.

Fabulieren

Samstag, 8. September 2007

Gerade ein bißchen was dazuverdient, mit einem Schreibkurs. Das Schöne am Geben von Schreibkursen ist – außer dem Nebenverdienst –, daß man selbst soviel dabei lernen kann. Das sollen natürlich vor allem die Teilnehmer, aber schon in ihren Fragen liegt ein Schatz an Erkenntnissen. Für mich selbst.

Die Gruppe von Schreiblustigen im vorigen Kurs, Anfang Juli, wollte einfach nicht glauben, daß ich nie in einem Wassergraben unter einem Schaf gelegen hatte. »Ja, aber wie kannst du das denn dann beschreiben?!« riefen mehrere.

»Tut mir leid«, entgegnete ich, »aber ich habe wirklich nie mit einem Schaf auf mir drauf in einem Wassergraben gelegen.«

»Doch! Nur wer das erlebt hat, kann das so genau schildern!«

»Also«, begann ich und gab eher fahrlässig als vorsichtig einen Schreibtip: »Also, meiner Ansicht nach sollte jemand, der ein Buch schreibt, schon ein wenig Phantasie besitzen.«

»Ja, aber woher weiß man denn, wie sich ein Schaf anfühlt?«

»Das stimmt allerdings.«

»Und dann auch noch ein nasses Schaf!«

»Stimmt auch.«

»Also hast du doch ...«

»ICH HABE NIE IN EINEM WASSERGRABEN UNTER EINEM SCHAF GELEGEN!«

»Ja, gut.«

»JA!«

»Hast du dich denn mal allein, ohne Schaf, in einen Graben gelegt?«

»NEIN!«

»Das kann doch gar nicht sein«, meinten unbeirrbar die eifrigsten Schreiblustigen.

»Ist noch Kaffee da?« fragte ich, um das Thema zu wechseln.

Ja, es war noch Kaffee da. Und auch reichlich Wasser. Das brauchte ich auch, denn wenn ich in Großbuchstaben spreche, habe ich immer schnell einen Hustenreiz im Hals.

Nackthund

Dienstag, 16. Oktober 2007

In Dänemark war es ziemlich kalt. Wir haben in Hannes Garten im Lundevej geschuftet. Holz gehackt, noch mehr Holz gehackt, Wildwuchs aus dem Boden geholt, aber eine kleine Eibe stehen lassen, weil Hanne sie so »süß« fand. Einmal, als ich aus einem versteckten Winkel des Gartens zu unserem Sägeplatz zurückkehrte, traf ich auf einen sehr häßlichen, grauen Nackthund, der gerade die Freßnäpfe von Hannes Katzen leer schlabberte. Er erschrak heftig vor mir, und ich vor ihm. Wie verunstaltet diese Viecher aussehen. Und wie muß er gefroren haben, nur an den Ohren hatte er ein paar Haare. Er bellte mich sehr böse an, wobei er den Kopf senkte. Ich tat nichts, blickte ihn nur an, und er machte sich schuldbewußt aus dem Staub, den nackten Schwanz eingezogen, denn immerhin hatte er sich einer Übertretung schuldig gemacht: Es war nicht sein Garten und erst recht nicht sein teures, nahrhaftes dänisches Joghurt-Leckerli. Später brach sich Hanne die Hand, als sie etwas von dem frisch gehackten Holz in den Ofen schieben wollte und von ihrem Ofenheizhocker fiel. Trotzdem hob sie tapfer etliche Gläschen Aquavit und sagte: »Mange, mange tak.« Im dunklen, kalten Nachbargarten heulte leise der graue Nackthund.

Bäume mit Gefühl

Freitag, 19. Oktober 2007

Koos van Zomeren schreibt schon seit fast einem Jahr schöne Artikel über Bäume für *NRC Handelsblad*, aber jetzt hat er ein Buch von Colin Tudge in den Himmel gehoben, und da muß ich nun doch Protest anmelden. In *The secret life of trees* schreibt Tudge über Bäume grundsätzlich so, als wären sie fühlende Wesen, ich meine, fühlende Wesen wie wir. Eichhörnchen oder Giraffen zum Beispiel nennt er »Prädatoren«, gegen die ein Baum sich wehren muß; wenn ein bestimmter afrikanischer Baum von einem gemeinen Raubtier wie der Giraffe angefressen wurde, sondert er angeblich eine Substanz ab, die alle nicht angefressenen Bäumen in seiner Umgebung dazu bringt, sich ungenießbar zu machen! Der eigentlich nüchterne van Zomeren ist von diesem Gedanken offenbar sehr angetan, und er meint, Menschen sollten ruhig mit Bäumen reden, denn »wenn Menschen mit Gott sprechen können, können sie auch mit Bäumen sprechen«.

Ich spreche nie mit Gott, wohl aber mit Hunden und Eseln, und regelmäßig höre ich mich den Fernseher beschimpfen. Obwohl ich mir durchaus darüber im klaren bin, daß zumindest der Fernseher nichts erwidern wird. Hunde oder Esel, ja, die wollen manchmal etwas sagen. »Waf« zum Beispiel oder »Ia«. Was ich wiederum nicht verstehen kann. Aber ich weiß: Wenn ich einem Hund einen Tritt geben oder einen Esel am Ohr ziehen würde, dann würde ich dem Tier weh tun. Ratlos machen mich dagegen Sätze wie diese: »Bäume leben nicht nur im Hier und Jetzt. Sie erinnern sich an Vergangenes und sehen Künftiges vorher.«

DNS

44. Woche 2007

Also, mit einem Schaf wie Dolly, einem Stier wie Herman (laut niederländischer Wikipedia »eher ein theoretischer als ein praktischer Erfolg«) oder modifiziertem Mais kann ich mich noch halbwegs abfinden. Ein bißchen DNS-Gemansche raubt mir nicht den Schlaf. Aber nach der Lektüre eines Artikels über Pappeln und Kaninchen ging dann doch die Phantasie mit mir durch. Amerikanern (wem sonst) ist es gelungen, bestimmte Pappeln (die Art wird nicht genannt) mit einen Kaninchengen auszustatten, das wiederum das Enzym P450 2E1 kodiert. Dieses Enzym braucht, um seine Aufgabe richtig erfüllen zu können, eine Reihe von Hilfsenzymen, über die ebenjene Pappeln von Natur aus verfügen. Mit dem zusätzlichen Enzym können die Bäume eine Vielzahl von Bodenschadstoffen hundertmal besser »entsorgen« als ohne.

Der selige Herman war mit einem menschlichen Gen ausgestattet, und Mensch und Rind sind beide Säugetiere. Hermans weibliche Nachkommen sollten Milch mit dem entzündungshemmenden Eiweiß Lactoferrin produzieren, die man für Babynahrung verwenden wollte. Das funktionierte offenbar nicht, daher die zitierte feinsinnige Wikipedia-Formulierung.

Aber nun versuchen Sie sich bitte die Sache mit den Pappeln und den Kaninchen plastisch vorzustellen: ein (Säuge-) Tiergen in einer Pflanze! Ist das nicht eigentlich unfaßbar? Angenommen, es wird irgendwann möglich sein, menschliches DNS-Material auf einen Baum zu übertragen. Dann könnte man doch zum Beispiel Menschen mit Bäumen verheiraten, ohne daß die Bäume ernsthafte Bedenken hegen. Natürlich würde man nicht einfach irgendeinen Baum ehelichen, sondern den Baum seiner Wahl. Wer ganz verrückt nach dem *Ginkgo biloba* ist, kann sich selbst in den Samen dieses Baums hineinmengen lassen und sich nach zehn Jahren mit dem daraus entstandenen Ginkgo vermählen. Mit einem knackigen, jungen (grünen) Exemplar! Zu allem Überfluß hat man dann auch jederzeit seine geisteskraftbewahrenden Blätter zur Verfügung. Wahnsinn. Ich selbst würde allerdings gern eine Buche heiraten. Eine schöne, dicke, kräftige, hohe Rotbuche. Wie glücklich wäre ich dann. Ich könnte den Baum nach Herzenslust streicheln, treten, knuddeln, schlagen, und er würde sich nichts anmerken lassen. Mich aber bedingungslos lieben, denn ich wäre ja in ihm, für immer.

Schwule Fliegen

3. Woche 2008

Wir haben Mitte Januar. Die Anhänger des »modernen« Gartens haben ihre verblühten Kugeldisteln, Hortensien und *Phlomis russelianae* natürlich nicht beschnitten, und neulich bei Frost und bei dem vielen Nebel müssen all diese Pflanzen wunderbar ausgesehen haben. Altmodische Gärtner besitzen jetzt einen kahlen, schwarzen Garten mit kniehohen Rosensträuchern, in dem sich schon einige Frühblüher vorsichtig herauswagen. Ich finde sie schön, diese altmodischen Gärten, ich mag sie sehr, so kalt, kahl und nackt, so verletzlich, so geduldig, so voller Hoffnung und Verheißung.

Ob bereift oder schwarz, in den Gärten tut sich im Augenblick nicht viel, ich kann also meine Aufmerksamkeit den Tieren zuwenden. Leider lassen mich die schon geraume Zeit im Stich. Sonst kommt es dauernd zu angenehmen Begegnungen mit Hunden oder Pferden, aber in den letzten Wochen aus unerfindlichen Gründen nicht. Es ist schon einige Monate her, daß ich zuletzt wegen eines Pferdes vom Rad gestiegen bin. »Komm«, sagte ich schmeichelnd, und es rannte weg. Sehr gern schreibe ich über Schafe, aber das kann man auch nicht zu oft tun. Katzen lasse ich links liegen, denen traue ich nicht so recht. Ich wohne in einem Haus, in das niemals Mücken kommen. Fliegen auch nicht, bis ich vor längerer Zeit für eine Woche wegfuhr und Obst liegenließ. Die Fliegen von damals sind immer noch da, ich frage mich, wie lange Fliegen eigentlich leben. Oder sind es schon die Kinder und Kindeskinder? Irgendwie finde ich es sogar gemütlich, Fliegen im Haus zu haben, sie stören mich überhaupt nicht. Seit heute morgen (da habe ich den Wissenschaftsteil meiner Zeitung gelesen) überlege ich auch, ob sie vielleicht schwul sind. Die Fliegen. Das könnte durchaus sein, weil hier regelmäßig angebrochene Rotweinflaschen oder klebrige Jenevergläschen herumstehen. Amerikanische Wissenschaftler haben entdeckt, daß Taufliegen durch Alkohol schwul werden. Nicht nur ein bißchen, nein, ganz heftig schwul: »Männchen, die sich an ein Männchen klammerten, wurden selbst wieder umklammert, so daß sich schließlich viele Männchen in langen Reihen vorwärts schoben.« Anscheinend verlieren die schwulen Fliegen auch ihre Flugfähigkeit.

Vogelluftbrücke

4. Woche 2008

In einer großangelegten europaweiten Studie hat man die möglichen Auswirkungen des Klimawandels auf die Brutvogelbestände untersucht; die Ergebnisse wurden im *Climatic Atlas of European Breeding Birds* festgehalten. Ein Drittel der niederländischen Vogelarten könnte teilweise oder sogar völlig verschwinden. Ich lese unter anderem: *Um die Vögel vor dem Aussterben zu bewahren, müssen in den kommenden Jahren [...] Verbindungen zwischen den Naturschutzgebieten geschaffen werden, damit Vögel in der Landschaft von einem geeigneten Biotop zum anderen wandern können.* Nun fragt sich mein Bauernverstand: Aussterben? Damit ist doch wohl nur »Verschwinden aus den Niederlanden« gemeint? Wenn ja, wäre das egoistisch gedacht. Was wäre so schlimm daran, wenn eine Vogelart aus den Niederlanden fortziehen und sich zum Beispiel in Polen oder Litauen ansiedeln würde? Gönnt doch den Polen oder Litauern eine neue Vogelart! Wir bekommen nämlich andere Vögelchen dafür, wie etwa den Bienenfresser, einen sehr schönen, bunten Vogel (aber ich sehe jetzt schon den Imkerbund mit Protestschildern auf dem Haager Binnenhof: MEHR BIENENFRESSER – WENIGER HONIG-

ESSER!), und die Provencegrasmücke. Darüber würden sich dann ohne Zweifel die Franzosen und Italiener aufregen, sollten es aber nicht, weil sich auch in ihren Ländern neue Vogelarten ansiedeln werden.

Vor allem machen jedoch die erwähnten Verbindungen meinem Bauernverstand zu schaffen: Vögel können schließlich fliegen. Für Rehe, Dachse, Wildschweine werden Grünbrücken gebaut, für Kröten Krötentunnel, für Otter Ottertunnel, für Biber Biberunterführungen, und das ist gut so, damit die Tiere nicht auf den unzähligen Straßen unter die unzähligen Räder kommen. Nur, was soll ich mir unter Verbindungen zwischen verschiedenen Vogelbiotopen vorstellen? Wandern die Vögel nicht auf dem Luftweg? Das ist doch der große Vorteil, den Vögel haben, sie brauchen keine Grünbrücken oder Tunnel; wenn sie zum Beispiel vom Hochmoor De Groote Peel im Südosten unseres Landes in den Nationalpark Utrechtse Heuvelrug wollen und von dort gleich weiter nach Texel, na, dann fliegen sie eben. Vögel schaffen sich ihre Luftbrücken selbst.

Der Orpheusspötter – wer würde sich nicht auf ihn freuen? Und der Wiedehopf kehrt zu uns zurück! Vor lauter Aufregung habe ich mich in meinem Vogelbuch festgelesen und muß mich losreißen, um diesen letzten Absatz zu tippen.

Tote Hunde

5. Woche 2008

Ich habe zu Hause zwei Hunde erlebt. Eine Irish-Setter-Hündin, die Tascha hieß, und den schwarzen Labrador Godfried. Tascha verdankte ihren Namen dem Umstand, daß in der Nachbarschaft schon ein Pascha und eine Mascha lebten, Godfried war nach Godfried Bomans benannt, den mein Vater sehr bewunderte. Mit der Irish-Setter-Hündin bin ich aufgewachsen, ich kannte sie von meinem achten bis zu meinem zwanzigsten Lebensjahr. Dann starb sie, an Krebs. Mein Bruder wollte sie dem Mann von der Tierkörperbeseitigung mitgeben, der sowieso gerade kam, um ein totes Schaf abzuholen. Aber mein Vater begrub sie unter einer Kopfweide, einer von fünf frisch gepflanzten. Diese fünfte Weide ist klein und mickrig geblieben. Wegen des toten Hundes, in meiner romantischen Vorstellung. In Wirklichkeit natürlich wegen der fast hundertjährigen Gieser Wildeman, die zwei Meter daneben steht und ihr Licht und Platz nimmt.

Obwohl ich damals nicht mehr zu Hause wohnte, habe ich an einem Samstag im *Schager Courant* die Tier-Kleinanzeigen studiert und auf gut Glück einen der Inserenten angerufen. »Hör mal«, sagte ich dann zu meinem Vater, »wir müssen nach Sint Maartensvlotbrug, heute nachmittag drei Uhr.« Er war tatsächlich einverstanden, und natürlich konnte er den Labradorwelpen nicht widerstehen, obwohl er in seinem Hinterkopf ein lautes »Nein!« meiner Mutter gehört haben muß. Godfried ist nicht alt geworden, nur acht oder neun. Er liegt an einer anderen Stelle begraben, neben dem Hühnerhaus. Auf seinem Bauch stehen ein Gartenzwerg und eine kleine, ordentlich getrimmte Buchsbaumhecke.

Nach Godfried war für meinen Vater das Kapitel Hunde abgeschlossen. Wir Kinder waren alle längst aus dem Haus, trotzdem drängten wir ihn immer wieder, sich einen neuen Hund anzuschaffen. Zum fünfundsechzigsten Geburtstag (und gleichzeitig zur Pensionierung) wollten wir ihm einen Jack Russell Terrier schenken, aber meine Schwester verdarb alles, indem sie ihn dann doch vorher fragte. Er sagte aus so tiefem Herzen nein, daß wir uns nicht mehr trauten. Statt dessen bekam er eine Lakenvelder Kuh, ein seltsames Geschenk für einen Bauern in Rente. Aber er hat sich gefreut, und inzwischen sind schon zehn Kälber zur Welt gekommen. Rotbunt sind sie. Die geschenkte Kuh heißt Linda, und auch ihre Nachkommen haben alle Namen mit einem L.

Kevin und kaputte Schaufeln

Sonntag, 3. Februar 2008

Gestern beim Ausgraben eines krummen Haselstrauchs, einer Feige (*Ficus carica*, hintendran noch ein Kultivarname) und einer Spalierbirne zwei Schaufeln und einen Spaten zerstört. Man hört dann ja gern Bemerkungen wie »Du unterschätzt deine Kraft«, aber es liegt natürlich an der mangelhaften Qualität der Stiele. Insgesamt gingen sechs Schaufeln kaputt. Ich war zu einer Art Gärtner vom Dienst für einen Landschaftspflegetag auf dem Wogmeerpolder befördert worden: Viele Freiwillige hatten sich gemeldet, um zu graben, zu pflanzen, zu schneiden und zu sägen, und bekamen dafür Mittags- und Abendverpflegung. Ich stellte fest, daß ich den Test »Wintermerkmale« von vor drei Jahren eigentlich noch einmal machen müßte. Oder besser gesagt: daß ich noch einmal dafür lernen müßte.

Ich war schon ein paar Stunden beschäftigt, als ich einen weißen Kopf aus einem scheunenartigen Gebäude herausschauen sah. Ein Pferd, tatsächlich. In einem Stall, also leicht anzufassen. Dieses Pferd war Kevin, neunundzwanzig Jahre alt, der sich gerade von einer Kolik erholte. Er wirkte sehr entspannt, auch ein bißchen zerstreut und reserviert. Ein liebes Pferd, fand ich, und ein zäher Bursche (wie viele Pferde werden neunundzwanzig?), und er bekam sehr leckeres Futter. Neben Kevin stand ein dunkelbraunes Shetlandpony, nach dessen Namen ich gar nicht erst gefragt habe, denn Shetlandponys sind im allgemeinen nicht lieb, sie treten und beißen. Meine Mutter hat mal eins gekauft, Polletje hieß es, für die Enkelkinder. Aber Polletje tat nichts lieber, als sich zu wälzen, am liebsten, sobald eines der Enkelkinder auf seinem Rücken saß. Vor einiger Zeit hat sich ein Käufer für Polletje gefunden. Wenn ich mich recht erinnere, hat er fünfzig Euro bezahlt. Sogar für ein Shetlandpony, das sich häßlich gegenüber den Enkeln meiner Mutter benimmt, ist das meiner Ansicht nach ein unangemessener, schäbiger Preis. Für ein Tier, das atmet und frißt, das warmblütig ist, das im Grunde auch nur sein Bestes gibt. Ich möchte deshalb nicht wissen, wo es gelandet ist.

Hundesprech

6. Woche 2008

Nach einer Analyse der Bell-Laute von vierzehn Mudis (ungarischen Schäferhunden) haben ungarische Verhaltensforscher ein Computerprogramm entwickelt, das jedes Bellen in eine bestimmte Kategorie einordnen kann. Wie man schon seit längerem weiß, können Menschen dem Bellen eines Hundes oft sehr gut anhören, ob das Tier sich freut, ängstlich oder aggressiv ist. Außer diesen drei Emotionen sollen jetzt auch sechs Arten von Mitteilungsgehalt unterscheidbar sein, die jeweils zu einer charakteristischen Situation gehören und mit »Fremder«, »Kampf«, »Gassi gehen«, »allein«, »Ball« und »Spielen« umschrieben werden. Kurz nachdem ich das in der Zeitung gelesen hatte, stieß ich bei Koos van Zomeren auf folgende Passage: *Ach, wunderbare Hunde hatte er gehabt, ganz wunderbare Hunde. Und nicht nur, daß der Hund lernen mußte, seinen Herrn zu verstehen, man mußte selbst auch lernen, seinen Hund zu verstehen. Wenn man seine Sprache erst einmal verstand, dann stellte man fest, daß der Hund immer recht hatte, immer.*

Aus den Ergebnissen der Studie kann man den vorsichtigen Schluß ziehen, daß der Hund erst zu bellen angefangen hat, als er domestiziert wurde. Wölfe und verwilderte Hunde bellen anscheinend nicht, weil sie das Bellen für die Kommunikation untereinander nicht brauchen. Die Vermutung liegt deshalb nahe, daß Hunde bellend mit uns, dem Menschen, sprechen wollen. Das gibt meiner Liebe zum Hund, als Kamerad, als Haustier, noch mehr Nahrung und läßt meine Beziehung zur Katze weiter abkühlen. Es rührt mich, daß ein Hund sich solche Mühe gibt, uns nahezukommen.

Während eine Katze sich jeden Moment geziert von uns abwenden kann oder nach uns schlägt, wenn wir Liebe, Verständnis oder ein Zeichen der Anerkennung brauchen.

»Pah«, pflegen Katzenliebhaber zu sagen, »Hunde, unterwürfige, gefügige Tiere ohne eigenen Willen! Da ist mir eine eigensinnige Katze lieber!« Seltsam, diese Katzenliebhaber. Wenn ihre Liebsten – oder Menschen im allgemeinen – sich ebenso verhalten würden wie das von ihnen bevorzugte Haustier, oh, dann gäbe es aber Ärger. Warum selbstsüchtige, gleichgültige Tiere lieben, wenn es doch eins gibt, das mit einem speziellen Bellen »allein« sagen kann, oder »Spielen«? Wird einem da nicht ganz warm und weh ums Herz?

Kevin

7. Woche 2008

Kevin ist neunundzwanzig. Er war krank, so krank, daß man ihm tagelang Wasser ins Maul spritzen mußte und ihn immer wieder für einen Darmentkrampfungslauf auf die Weide führte. Kevin ist sehr hübsch, wirkt aber im Augenblick, vermutlich wegen seiner Krankheit, auch etwas zerstreut und reserviert. Er erlaubte mir, ihm die Nüstern zu streicheln, ganz kurz, dann zog er sich zurück und stellte sich mit dem Hintern an die Stallwand. Ein Zittern ging über seine Flanke. Ich rührte mich nicht von der Stelle und dachte: Gleich erwische ich dich, Kevin. Und da geschah es auch schon: Ich sah ihn eindösen. Zuerst winkelte er eine Schimmelhinterhand so an, daß sich das Gewicht auf die andere verlagerte, dann schloß er die Augen. Noch nie hatte ich ein Pferd eindösen sehen. Er wachte schnell wieder auf, wegen des Lärms draußen: laute Stimmen, quietschende Schubkarrenräder, Traktoren. Mehrmals hob er ruckartig den Kopf, vielleicht, um wieder richtig wach zu werden. Noch einmal zitterten seine Flanken, und noch einmal döste er ein. Pferde machen oft solche Halbnickerchen. Die Kolik war anscheinend überwunden, aber neunundzwanzig ist und bleibt ein beachtliches Alter für ein Pferd.

Als ich wegfuhr, Stunden später, nachdem alle Landschaftspflegetagsmitarbeiter etwas zu trinken und eine warme Mahlzeit bekommen hatten, sah ich, daß jemand in Kevins Stall das Licht eingeschaltet hatte. Auf dem Weg zum Bahnhof Heerhugowaard fiel mir das Pferd ein, das auf meinen freundlichen Zuruf weggaloppiert war, vor ein paar Wochen. In Hensbroek kam ich an dem Schild mit der Aufschrift *HEU* vorbei, inzwischen so verblaßt, daß nur noch *HE* zu lesen ist, und wunderte mich, wie immer, wenn ich es sehe. Kauft oder verkauft man dort Heu oder nicht mehr? Ob ich jemals anrufen und nachfragen werde? Kevin hatte mit unerschütterlicher Ruhe sein Heu und eine spezielle Köstlichkeit verspeist, die aus getrocknetem Grünfutter und Hafer bestand. Er aß ausdauernd und trank zwischendurch immer mal einen Schluck Wasser. Und danach döste er ein. Ich hätte gern neben ihm geschlafen.

Ich und mein verletztes Rentier

Dienstag, 26. Februar 2008

Ich sah den Jungen laufen
wie ein Rentier.
Er lief und lief
und sprang, wich aus
und ging und schwamm.

Unendlich weit, unendlich schnell
Straßen, Felder, Wälder
Meere, Berge, Bäche.
Er raste. Preschte. Hetzte.

Und dann sah ich mich laufen,
einen Jäger.
Ich zielte, seufzte, schoß.
Schoß eine goldne Kugel:
Gold, das saust und faucht,
streift und schließlich abprallt.

Ich und mein verletztes Rentier.

Multikultihuhn

9. Woche 2008

Ich kenne ziemlich viele Hühner, zum Beispiel ein halbes Dutzend schwarzweiße Lakenvelder ganz oben in Nordholland und in der Gegend von Heerhugowaard eine größere Anzahl von riesigen Nordholländischen Blauen (eins von ihnen war vor einer Woche in der Suppe, die ich dort aß). Hühner sind ulkige Viecher, und wenn man ihnen einmal tief in die Augen blickt, wird einem klar, daß sie viel mehr Verstand besitzen, als man in diesen kleinen Köpfchen vermuten würde. Es gibt Zierhühner, Zuchthühner, Fleischhühner, Legebatteriehühner, Kampfhühner (auch Hähne sind Hühner), Freilandhühner und natürlich Kunsthühner. Die uns bekannten Kunsthühner sind meistens aus Ton mit einer Schicht Farbe darauf. Vermutlich gibt es auch Plüschhühner, obwohl ich noch nie eins gesehen habe.

Der flämische Künstler Koen Vanmechelen will etwas ganz anderes. Mit seinem Zuchtprojekt *Cosmopolitan Chicken* versucht er allmählich immer weiter von den veredelten Rassen wegzukommen. Jedem Hühnerzüchter, der seine Rasse so rein und edel wie möglich halten will, muß Vanmechelens Treiben ein Greuel sein. Für den Künstler sind nämlich all die Rassehühner und -hähne im Grunde Zierpuppen und Dandys, vor allem aber Phänomene einer Monokultur. Sein Ziel ist es, »ein Bastardhuhn zu schaffen, das die Gene aller nationalen Rassen besitzt«. Ein Superbastardhuhn. Angefangen hat er damit, daß er das belgische Mechelner Huhn, auch Mechelner Kuckuck genannt, mit dem französischen Bressehuhn kreuzte. Das Ergebnis war das Mechelner Bressehuhn. Es folgten viele weitere Kreuzungen, unter anderem mit dem niederländischen Eulenbarthuhn, dem mexikanischen Louisianahuhn und dem türkischen Denizli Langkräher. In der Ausstellung *Der Appell des Huhns* in Nimwegen stolziert der wunderschöne Mechelner Langkräher quicklebendig umher. Es ist die zehnte Generation.

Ansonsten hat Vanmechelen wirklich alles, was irgendwie mit Hühnerkreuzung zu tun hat, zur Kunst erhoben: die

Asche von feuerbestatteten Hühnern, mumifizierte, fotografierte und ausgestopfte Hühner, Videoaufnahmen von Hahnensperma (ziemlich eklig), Bilder (aus »mixed materials« – natürlich, möchte man sagen) und ein Film über das Urhuhn, das offensichtlich irgendwo in Nepal scharrt. Ein Hühnergesamtkunstwerk, ein unmißverständliches Multikulti-Statement, aber mir fiel vor allem eine Definition des Huhns auf, die der Künstler selbst im Ausstellungskatalog gibt: »Eine kleine zweibeinige Fleisch- und Eierfabrik, die den Menschen begleitet. Sie hat Flügel, bleibt aber trotzdem bei uns.«

Wasserkaninchen

12. Woche 2008

Aufregung in Groningen. Ein christdemokratischer Abgeordneter der Provinzialstaaten möchte einen Großversuch mit Bisamratten durchführen. Der Versuch soll darin bestehen, daß man diese Nagetiere in einem eng begrenzten Gebiet völlig in Ruhe läßt. Bisher werden überall in den Niederlanden Bisamratten gefangen und getötet, weil sie an Deichkörpern und Uferbefestigungen großen Schaden anrichten. Für ihre Bekämpfung sorgen Bisamrattenfänger, und die kosten Geld. Der Abgeordnete meint, die Population werde zwar anfangs erheblich zunehmen, nach etwa zwei Jahren aber wieder stark zurückgehen, weil sich dann ein natürliches Gleichgewicht einstelle. Jetzt steigen alle auf die Barrikaden: seine Abgeordnetenkollegen, Deichgrafen, Rattenfänger, Deichhinterlandbewohner.

Ich muß gestehen, daß auch ich die Idee ein wenig befremdlich finde. Denn selbst wenn es zutrifft, daß die Population irgendwann ihr natürliches Gleichgewicht findet, wird man etwas gegen diese Population unternehmen müssen. Nicht ganz klar ist, aus welchen Gründen der Christdemokrat den Versuch unternehmen will. Möchte er nur Geld sparen? Geht es ihm um den Tierschutz? Das Schlimme an Bisamratten ist, daß sie fortpflanzungsmäßig die sprichwörtlichen Karnickel fast noch übertreffen, hat mal ein Fänger gesagt. Und eine Bisamrattenfamilie begnügt sich nicht etwa mit einer Höhle, einer Eingangsröhre und einem Belüftungsschacht, nein, sobald die Kleinen schwimmen, laufen und graben können, buddeln sich alle ihre eigenen Röhren und Höhlen.

Die Bisamratte ist in den Niederlanden so etwas wie das Kaninchen in Australien. Wenn man sie gefragt hätte, wäre sie nicht hier. Anfang des 20. Jahrhunderts brachte ein böhmischer Fürst ein paar von ihnen aus Alaska mit nach Hause, wo sie in seinem Teich schwimmen durften und mit Möhren und Kartoffeln gepäppelt wurden. Sie sollten als neue Jagdobjekte oder als Pelzlieferanten dienen. Nach zehn Jahren lebten in einem Umkreis von hundert Kilometern um seinen Teich zwei Millionen Bisamratten. In den Niederlanden wurde die erste Bisamratte im Jahr 1941 entdeckt. 2006 waren in unserem Land 439 Fänger aktiv, die jährlichen Gesamtkosten für die Bisamrattenbekämpfung betragen rund 31 Millionen Euro. Bei durchschnittlich 320 000 Fängen im Jahr sind das 97 Euro pro Tier.

Also, ich esse kein Wasserkaninchen im Restaurant, wenn mich das fast einen Hunderter kostet. Vielleicht ist es nicht zuletzt diese Unverhältnismäßigkeit, die unseren Abgeordneten ärgert.

Bil

13. Woche 2008

Bil (nein, kein Schreib- oder Druckfehler) wohnt auf Wieringen, in der Nähe der Natureisbahn von Westerland. Manchmal wohnt Bil aber in Mauretanien, vielleicht in der Nähe der Stadt Nouakchott, an der Küste, vielleicht in der Umgebung von Nouadhibou. Westerland und Nouakchott, wer wollte nicht mit Bil tauschen? Bil ist neunzehn, und auch das ist erfreulich. Gar nicht erfreulich war dagegen, daß vor neun Jahren Bils Partnerin ums Leben kam. *Wie der Zufall es wollte, verlor zur gleichen Zeit seine Nachbarin ebenfalls ihren Partner. Und so geschah es, daß Bil sich in die Nachbarin verliebte und die beiden seitdem ein Brutpaar bilden.* (*Noordhollands Dagblad*, 19. März 2008).

Ein neunzehnjähriger Rotschenkel, unglaublich. Und diese Liebesgeschichte, auch sie unglaublich. Die beiden früheren Partner sollen übrigens beide von ein und demselben Sperber geschlagen worden sein. Bil verdankt seinen Namen dem Mann, der ihn vor neunzehn Jahren beringt hat: Kees Bil. Inzwischen führt der Vogelbeobachter Wim Thijsen das Beringungswerk fort, und im vergangenen Frühjahr haben er und andere Rotschenkelliebhaber auf dem Land des Bauern Jan Mulder (neben der Eisbahn) Bils achtzehnten Geburtstag gefeiert, mit ein bißchen Gebäck. Ob man im gleichen Jahr etwas später auch in Mauretanien gefeiert hat?

Aus irgendeinem Grund geben mir Vögel viel Trost. Im Winter beobachte ich manchmal stundenlang Kohlmeisen, Kleiber und Sperlinge an einem Vogelhäuschen, unsere Hausamsel kann mir gar nicht lange genug singen (während gewisse Mitbewohner Wurfpantoffeln bereithalten), und wenn ich nachts nicht einschlafen kann, ist das gleich weniger schlimm, sobald die Bläßhühner im IJ zu kläffen beginnen. Das alles auch deshalb, weil die Vögelchen im nächsten Winter wieder im selben Häuschen ihr Futter suchen, Amseln niemals ihren Schnabel halten werden und Bläßhühner unausrottbar sind. Obwohl ich natürlich weiß, daß es nicht immer dieselben Vögel bleiben. Nachdem ich in der Zeitung von dem Rotschenkel gelesen habe, der schon seit neunzehn Jahren jedes Jahr aufs neue achttausend Kilometer fliegt und immer wieder zu seinem vertrauten Brutplatz auf Wieringen zurückkehrt, werde ich die Welt eine Zeitlang besser ertragen können.

Kahlgepickter Ara

16. Woche 2008

Neulich habe ich meine Artis-Jahreskarte verlängert. Dafür geht man einfach zur Kasse und sagt: »Ich möchte gern meine Jahreskarte verlängern.« Wenn das erledigt ist, bekommt man noch vier Freikarten geschenkt. Ich habe dann einen englischen Freund mitgenommen; er gehört zu den Menschen, die schon im Streichelzoo fragen: »*What are those? They can't be chickens*?«, obwohl tatsächlich nur große Hühner zu sehen sind. »*This is going to be a very nice zoo visit*«, sagte ich händereibend, weil ich oft in Artis bin, also genug weiß, um einen Nachmittag lang viel zeigen und erklären zu können. Das kann sehr großen Spaß machen. Vor allem an grauen, düsteren Tagen, und so einer war es, wie der Tag davor und danach, *for that matter*. Ein Tag, an dem man sich zum Beispiel ganz und gar mit dem kahlgepickten Blauara identifizieren und sein Herz an einen einunddreißigjährigen Pinguin verlieren kann, der stolpert und hinfällt, weil er hinter dem Pfleger mit dem Eimer voll stinkenden Fischen herrennt. Genau so ein Tag.

Als sich mein englischer Freund einmal nicht von einer Kalifornischen Nachtechse losreißen konnte und ich mich langweilte, wechselte ich vom Reptilien- ins Affenhaus. Vor Jahren waren sämtliche Mandrills getötet worden, weil sie an Aids litten, aber inzwischen gibt es neue, ohne Aids. Durchs Außengehege ging ein junges Männchen. Ich nahm Kontakt mit ihm auf, indem ich mich hinhockte und die Hand auf die Glasscheibe legte. Der Affe tat das gleiche. Ein hübsches Männchen mit einer aparten blauen Schnauze. Und dann geschah es: Der Mandrill drehte sich um und preßte sein scheußliches Hinterteil an die Scheibe. Dabei schaute er sich mehrmals verlangend nach mir um und winkte auch noch ungeduldig mit der Hand.

Und das an einem Tag, an dem man sich vollkommen mit einem kahlgepickten Blauara oder einem stolpernden einunddreißigjährigen Pinguin identifiziert. Mir wurde so elend, daß ich fast umgefallen wäre. Zum Glück hatte sich mein englischer Freund gerade von der kalifornischen Nachtechse losgerissen. Er kam, erfaßte sofort die Situation, zog mich hoch und gab mir, ohne ein Wort zu verlieren, einen dicken Kuß. Danach verließen wir rasch den Zoo.

Katzenmord

17. Woche 2008

Skandal in meiner Heimat. Der Sohn meines Großonkels (soweit ich weiß, nennt man so jemanden auch Großcousin, aber einen Fünfundachtzigjährigen möchte ich nicht so nennen, der kann doch unmöglich eine Art Cousin von mir sein) wohnt schon den längsten Teil seines Lebens allein auf einem inzwischen ganz verfallenen Bauernhof. Vor kurzem hat er sich gegenüber einer Haushaltshilfe verplappert. Er war bestens gelaunt und erzählte der Frau, wie er auf brutale Weise junge Katzen umzubringen pflegte. Seine Geschichte entsprach fast wörtlich der Schilderung in *Oben ist es still*. Die Haushaltshilfe rief die Polizei an, und eh er sich's versah, stand die Sache groß in der Zeitung, und RTV NOORD-HOLLAND und SBS 6 berichteten über ihn. Leider habe ich nichts davon gesehen. Mein Vater (sein Cousin) hat mich telefonisch unterrichtet. Gegen den Sohn meines Großonkels wird offiziell wegen Tierquälerei ermittelt. In den Regionalnachrichten auf SBS 6 versuchte er, mit unkenntlich gemachtem Gesicht, alle Empörung wegzulachen. »Irgendwie muß ich die Biester doch loswerden«, sagte er und beschrieb noch einmal entsetzlich genau sein Vorgehen. Zu diesem Vorgehen gehören Staubsaugerschläuche, Auspuffgase und ein vor und zurück fahrendes Auto.

»Hat man denn auch über mein Buch gesprochen?« fragte ich meinen Vater ein wenig besorgt. Nein, das hatte niemand erwähnt. In *Oben ist es still* habe ich die Geschichte mißbraucht, um den unangenehmen Charakter der Vatergestalt darzustellen, doch seit das Vorbild selbst alle Aufmerksamkeit beansprucht, sogar in der Zeitung und im Fernsehen, geschieht etwas Merkwürdiges (abgesehen von der irritierenden Einmischung der Wirklichkeit in die literarische Scheinwelt): Ich bilde mir ein, daß er mein Buch gelesen hat und jetzt zu einer Art Trittbrettfahrer geworden ist. Und ich denke: Finger weg von meiner Geschichte! Lächerlich, das zu denken, aber *seine* Geschichte verfolgt mich schon seit Jahren, bei Lesungen bekomme ich immer wieder fürchterlich den Kopf gewaschen wegen des unmenschlichen Tötens von Tieren, wie es im Buch geschildert wird. »So etwas tut man nicht!«, kriege ich dann zu hören. Ja, Sohn meines Großonkels, so etwas tut man nicht!

Von Affen und anderen Viechern

Dienstag, 29. April 2008

Affen beobachten macht Spaß. Im Apenheul-Zoo von Apeldoorn sind nicht alle Tiere eingesperrt, immer wieder kommt man in Bereiche, in denen man seine »affensichere« Tasche gut verschließen soll. Man erwartet deshalb, daß ständig irgendwelche Primaten auf einem herumklettern werden, aber so ist es dann doch nicht. Kein einziges Totenkopfäffchen, kein einziger Katta zeigte Interesse an unseren eßbaren oder nicht eßbaren Sachen. Rauchen wollten sie auch nicht. Ein halbstarker Gorilla spielte den großen Macker, bis sich ein Silberrücken in seiner Nähe niederließ. Auffallend viele Menschen in Rollstühlen waren unter den Besuchern. Es regnete leicht, deshalb gingen nicht alle Affen nach draußen. Eine Orang-Utan-Frau schaute aus einem Fenster, während sie mit den Lippen einen Zweig entblätterte, ein reizender Anblick. Außerdem sahen wir einen Bonobo mit dem Rücken an einem dicken Pfahl sitzen, nasse Haare, mürrisches Gesicht. Am niedlichsten waren die Zwergseidenäffchen. Seidenäffchen sind ja schon klein, aber das Zwergseidenäffchen verleitete Bram zu der Bemerkung: »Wenn sich das ins Haus verirren würde, dann würde man es doch mit der Zeitung wieder raustreiben.« An Nichtprimaten sahen wir Pekaris oder Nabelschweine, Wasserschweine, Warzenenten, Gemeine Meerschweinchen und zwei Afrikanische Wildesel. Ach richtig, in dem breiten Graben um die Gorillainsel schwamm eine Wasserschildkröte, und ich habe in einer Simulatorkiste gesessen, in der man am eigenen Leibe erfährt, wie sich ein Zebra beim Transport auf einem Lastwagen fühlt; mir war deshalb für den Rest des Nachmittags etwas schwindlig. Jetzt weiß ich auch, warum die Zebraherden in Naturfilmen immer so schlingernd und schwankend über die Savanne rennen.

Tote Taube

18. Woche 2008

Meine Schwägerin kämpft mit einer Taubenplage. Einer Plage deshalb, weil die Tauben ihr Auto vollscheißen. Mein Bruder, der woanders wohnt, brachte ihr ein Luftgewehr. Den ganzen Nachmittag, während ich im Garten mit Zurückschneiden und Umpflanzen beschäftigt war, streifte der jüngste Sohn der beiden (zwölf) nach Westernheldenart mit diesem Gewehr ums Haus, schoß aber immer wieder daneben. Darüber war ich froh. Zwischen all den ordinären Tauben waren auch zwei Türkentauben. Ich sagte dem Jungen, daß er die auf keinen Fall schießen solle, weil sie nicht scheißen, und zuerst schien er das zu glauben. Bis sich eine der Türkentauben auf dem Schornstein niederließ und in aller Ruhe die idyllische Dorfszenerie in sich aufnahm.

Mein Neffe legte an, schoß, und die Türkentaube verschwand sang- und klanglos hinter dem Dachfirst. Er lief in eins der Schlafzimmer hinauf und schaute aus dem Fenster, um den Erfolg zu kontrollieren, ich folgte ihm und schaute mit, weil ich Angst hatte, die Taube wäre vielleicht noch nicht tot. »Richtig tot, sieh mal, überall Blut«, sagte er. Der Anblick dieser stillen Taube in der Dachrinne, von ihren Flügeln wie von einem Leichentuch eingehüllt, verdarb mir den Nachmittag.

Vor dem Abendessen sah ich in der Zeitung ein großes Foto von toten Kühen, an einem Bein aufgehängt, auf dem Weg zur Zerlegesäge. Ein schockierendes Bild, ich spürte die Kraft dieser riesigen Leiber, die auf eventuellen späteren Fotos halbiert und noch später zu Steaks, Schmorfleisch und Gehacktem verarbeitet sein würden. Während des Essens teilte mein Neffe uns mit, daß er sehr stolz auf sich sei. »Weil du ein Tier umgebracht hast?« wollte ich wissen. Nein, weil er getroffen habe. Meine Schwägerin sagte, sie finde es ja auch schrecklich, aber ein vollgeschissenes Auto, das man gerade erst gewaschen habe, sei noch schrecklicher. Das Bami Goreng, das wir aßen, war übrigens vegetarisch, und das war mir sehr lieb.

Ich weiß nicht, wo ich stehe. Ich weiß es einfach nicht. Ich kenne die Gesetze des Landlebens, das Schicksal der eine Woche alten Kätzchen, die Lockelstern in Elsternfallen, die Strecken mit den erlegten Enten, Hasen und Fasanen, die jungen Füchse mit eingeschlagenen Schädeln, die ertrunkenen Schafe. Vorläufig bin ich jemand, der hofft, daß danebengeschossen wird.

Wollust

20. Woche 2008

Waterland, 4. Mai. Auf den Kirchtürmen aller Dörfer war halbmast geflaggt. An diesem Tag sollen die Menschen an den Tod denken. Nie zuvor habe ich soviel Sinnlichkeit und Wollust erlebt, am Himmel, im Wasser und auf den saftigen Wiesen, auf denen sogar das sonst so schüchterne Wiesenschaumkraut etwas Laszives ausstrahlte. Staatsbosbeheer hatte das Schilf mähen und Erlen- und Weidengestrüpp entfernen lassen, so daß man freie Sicht hatte. Entlang der Wassergräben eine Orgie in Weiß und Gelb, Wiesenkerbel und Raps. Raps riecht berauschend süß, und ich überlegte ein wenig ängstlich, was es mit diesem wollüstigen Gezappel in den Gräben auf sich haben könnte. Karpfen. Außergewöhnlich große, geile Karpfen laichten auf Teufel komm raus, je schmaler und flacher der Graben, desto lieber. Hoch über mir vollführten Weihen aus purer Sinnlichkeit Flugstunts, bei denen sie zusammenprallten, Uferschnepfen schauten lüstern auf die rostroten Brüste ihrer Artgenossen. Und die ganze Zeit duftete der Raps, so süß, so schwer.

Auf der Terrasse vor dem Theehuis Het Einde saßen lauter Paare, die sich nicht nahe genug kommen konnten, alle ließen sich gehen, vielleicht lag es am Raps, vielleicht auch an dem Dunggeruch, der über dem wasserreichen Land hing. Im Hafen von Marken nackte Männer, den Bauch sinnlich vorgestreckt, und Frauen, die tütenweise Fritten mit reichlich Mayonnaise futterten, auch dies eine wollüstige Art der Selbsterhaltung. Pferde wälzten sich auf der trockenen Erde hitzig von einer Flanke auf die andere, die Beine breit, und Hengste, die allein auf der Koppel standen, das Geschlecht meterweit ausgefahren, benagten die hölzernen Dammzäune. Später, vor der alten Schule in Holysloot, war verbale Kommunikation unmöglich, weil plötzlich erwachte Frösche einander mit ohrenbetäubendem Lärm auf die Pelle rückten. Weiße Kastanienkerzen schauten wie spitze Mädchenbrüste zwischen den handförmig gefiederten Blättern hervor. Zwei Erpel vergewaltigten energisch und doch mit Hingebung eine Ente. Noch später, vier Stunden nach Beginn meiner Tour, die sich unerwartet als Priapusprozession entpuppte, reichte mir der Wiesen-Sauerampfer, ich schwöre es, schon bis zum Hintern, obwohl er vorher noch nirgends zu sehen gewesen war. Um acht Uhr war ich dann zwei Minuten still; dieses Jahr bei allem Ernst auch ein wenig lüstern.

Insel

21. Woche 2008

Ich hatte ein Gespräch mit einer Silbermöwe. Groß war sie und hatte diesen roten Fleck auf dem Schnabel, der den Jungvögeln die Futterquelle anzeigt. Sie stand am Ufer des Schloßweihers in Den Haag unter den blühenden Kastanien. Ich fragte drei-, viermal: »Soll ich dich holen?« Darauf antwortete sie mit ein paar unverständlichen Kehllauten und tat so, als wolle sie auffliegen. Ich hätte sie mir gern geschnappt und mit ihr noch etliche andere Möwen, Teichhühner, Enten und dicke Gänse, weil auch sie die Insel im Schloßteich zu einem Schandfleck machen.

Man stelle sich die Szenerie vor: der Regierungssitz unseres Landes, Sonnenschein, eine Gruppe Japaner, die jahrhundertealten Bauwerke, der Rittersaal, der Brunnen auf dem Binnenhof mit seinem glänzenden Gold, ein italienischer Eisverkäufer, der kein Malaga hat, zwei Minister in der Mittagspause, entspannt plaudernd, die Fahnen am Hofweiher, das Mauritshuis, darin Vermeers großartige *Ansicht von Delft*. Und dann diese Insel! Ich traute ehrlich gesagt meinen Augen kaum. Ein paar zerzauste Bäume, eine Weide hängt völlig schief, Gestrüpp, viel hohes Gras, aber auch nackte Erde. Matschiger Boden, von Gänsekot bedeckt. Eine Insel voll Unkraut und Kot vor dem altehrwürdigen Symbol der Macht in diesem Land. Meinem Begleiter gefiel das. »Natur pur«, meinte er. Natur pur? Eine ungeheure Sauerei, entgegnete ich, ein Schandfleck, ein, ein ... Ich verschluckte mich fast vor Empörung. Und dann wollte ich mir die Möwe schnappen, aber die antwortete nur mit diesem gemütlichen Glucksen. Fühlte sich offenbar wohl in der puren Natur.

Ich würde sagen: Bringt ein paar Gärtner, einen Gartenarchitekten und einen kleinen Bagger mit einem Boot auf die Insel, und laßt die Kettensägen brüllen. Was sollen die Japaner von uns denken? Oder der italienische Eismann? Wie man die Insel dann neu gestaltet, ist mir nicht so wichtig, Hauptsache, das Ganze sieht halbwegs ordentlich aus. Notfalls nur Buchsbaumgewächse und ein etwas größerer Baum, aber bitte nicht zerzaust und schief. Oder, noch schöner und holländischer: eine Muschelgrießfläche mit neun dicht gedrängt stehenden Kopfweiden (und natürlich einem Zaun, der die Gänse abhält). Ich möchte mit auf das Boot.

Schatten

23. Woche 2008

Wenn man Geld spendet, kann man oft nur hoffen, daß es auch dort ankommt, wo es ankommen soll. Daß die Kampagne »Bäume für Kühe« wichtig ist, steht außer Frage. Sie sorgt nämlich für mehr Schatten, und wie sehr Kühe (aber auch Schafe, Ziegen, Hühner, Truthähne, Pferde, Freilandschweine, Kaninchen, Lamas, Nandus, Damhirsche, Kamele und Menschen) Schatten brauchen, kann jeder sehen, der an warmen, sonnigen Tagen an Weiden oder Gärten vorbeikommt. Und wer nach den Motiven der Initiatoren fragt, braucht sich eigentlich nur das berühmteste »Bauerngemälde« unserer Kunstgeschichte in Erinnerung zu rufen, den *Jungen Stier* von Paulus Potter.

Ein Bauer aus meinem Heimatdorf hat vor langer Zeit schon einmal ähnliches versucht. Nicht nur, um für mehr Schatten zu sorgen, sondern auch, weil ein Baum (oder drei) am Ende einer Weide »einfach schön« ist. Nach einer Weile gab er wieder auf, weil der ständige Westwind zu stark war und weil seine Schafe (Schafe denken nicht an die Zukunft) die jungen Bäume auffraßen.

Die Kampagne läuft nun schon seit sieben Jahren, und in dieser Zeit hat man 77 707 Bäume gepflanzt. Die Zahl ist natürlich einfach zu schön, um wahr zu sein. So viele Siebenen, das kann man mir nicht erzählen. An erster Stelle liegt die Provinz Friesland mit 23 320 Bäumen, an letzter Flevoland mit 875. Das leuchtet mir ein: In Friesland hat man von jeher viele Kühe und deshalb viel Grasland, in Flevoland wird hauptsächlich Ackerbau betrieben. Ebenfalls nur wenige Kuhbäume wurden in Nordbrabant gepflanzt (1150), und jeder, der den Charakter der dortigen sogenannten Landwirtschaft kennt, weiß, warum. Über den mageren Anteil von gerade einmal 1410 Bäumen in Südholland zerbreche ich mir noch den Kopf.

Die Liste der gepflanzten Bäume auf der Website der Kampagne liest sich wie Poesie. Nur daß ich nach dem Satz *Zahlreiche wunderschöne Bäume, die in den Niederlanden früher heimisch waren, sind heute fast ausgestorben* über die *Buchweide* gestolpert bin. Die Liste der ausgestorbenen Bäume verlängern, indem man die Bruchweide Buchweide nennt, das kann ich auch.

Geheimes Buchprojekt, erster Arbeitstag

Montag, 16. Juni 2008

In meinem Notizbuch unter anderem folgendes:

Middenweg, Beemster. Im Stall drei Eimer, leer. Ein Schwalbennest, die Schwalben umkreisen die Scheune, wagen sich nicht hinein, solange wir drin sind. »Früher gab's hier auch eine Eule«, sagt die Bewohnerin des Bauernhofs. Ihre beiden Welsh Corgis (die Pembroke-Variante) bellen und beißen uns in die Waden. Sie ist ganz erstaunt, daß wir Fotos machen wollen. Was kann an einem alten Stall interessant sein? Ich schätze, daß die Bauern hier vor einer Woche das Heu eingefahren haben. Schafe sind nur auf dem Nachbarland zu sehen, sie scheuern sich am Zaun. Im Stall sind im Winter ein paar junge Schafböcke untergebracht, erfahren wir von der Bewohnerin. Ein Flugzeug fliegt über uns hinweg. Auf der Straße dauernd Autos, es ist Sonntag. Das Gatter vor dem Eingang an der Seite hat viele Farben (Orange, Hellgrün, Dunkelgrün, Gelb, Grau,

Weiß), Schichten aus unzähligen Jahren, von Wind und Wetter zerfressen. Auch eine Menge Radfahrer kommen vorbei, meistens etwas ältere Männer auf Rennrädern. Als junger Schafbock wäre ich hier im Winter überglücklich: Der Eingang liegt an der Südseite, weder West- noch Ostwind können hereinblasen. Früher war dies ein Jungviehstall. An den Stangen hängen Seile, aus Hanf und Kunststoff, zwei Bindfäden. Getrockneter Mist. Im Futtertrog liegt eine Metallleiter, mit der man auf den stockdunklen Boden hinaufsteigen könnte. Ich lasse sie liegen. Neben ihr ein sehr altes Plastikfläschchen mit unleserlichem Etikett. Ein kleiner Rest violettrote Flüssigkeit ist darin. Jod, vermute ich. Ich denke gleich an das Abschneiden von Lämmerschwänzen, mit einem scharfen Messer.

Bussard

28. Woche 2008

Ich erkundete mit einem Freund die schottische Isle of Arran. Wir waren schon den ganzen Tag unterwegs, es war feuchtschwüles Wetter, weit und breit keine Häuser, andere Menschen oder Tiere zu sehen. Und dann auf einmal vor uns ein Steinkreis. Ich zog mich aus und preßte meinen splitternackten Leib an einen der Megalithen. Ein seltsamer Drang hatte mich gepackt, wie eine Art Urinstinkt, wenn ich mir auch nicht vorstellen kann, daß sich all die Steinkreismenschen nackt an ihre Steine geschmiegt haben.

Als ich noch einer Amateurtheatergruppe angehörte und wir alle gern einmal in einem Film mitgespielt hätten, war es mein größter Wunsch, als Statist in einem Bauerndrama aufzutreten. Ohne Text. Nur mit einem vorn offenen Overall bekleidet, darunter nackt, wollte ich während eines unwetterartigen Regens im Matsch liegen. Ich stellte es mir mit Overall vor, es wäre aber genausogut ohne gegangen. Also: nackt im Matsch wälzen, auch halb in einem Wassergraben, wenn es sein muß, gekitzelt von Wasserkäfern, Stichlingen und Taumelkäfern. Solche Rollen sind rar in niederländischen Filmen. Ich bin aber bestimmt kein Nudist. Auf Fernsehbildern mit fröhlichen Nackten auf FKK-Campingplätzen sind doch immer Dinge wie Campingkocher oder Einkaufstaschen oder sogar Barhocker zu sehen. Für mein Empfinden sind das Fremdkörper. Ist es bei mir also der Wunsch, eins zu werden mit der Natur, mit Mutter Erde? Im Matsch rein zu sein, zwischen Steinen weich und verletzlich? Sehr taoistisch, wenn ich es recht bedenke.

Vor kurzem wurde ich von einem Bussard angegriffen, und obwohl mir vor Schreck die Kopfhaut juckte, habe ich selten etwas so Schönes erlebt. Zuerst dachte ich: Fein, schon wieder ein Bussard, dann wurde mir klar, daß der Vogel seinen Kurs nicht ändern würde, ich sah seinen Kopf mit böse blickenden Augen wie eine Kanonenkugel auf mich zukommen und ging endlich so tief in die Hocke, daß die Krallen mich knapp verfehlten. Das Jucken kam natürlich daher, daß mir die Haare zu Berge standen, trotzdem war ich gleich darauf ein bißchen enttäuscht, daß der Vogel keinen zweiten Versuch unternahm. Wäre das vielleicht die Lust schlechthin: von einem Bussard erwischt werden, wenn man nackt im Schlamm liegt oder sich an einen alten Stein preßt? Ach, warum eigentlich nicht ...

Wildschweinfilet

30. Woche 2008

Gleich nach dem Mittagessen große Aufregung, weil eine Treibjagd mit Geknall und Geschrei durchs Pijkjeswegje zog. Wir sahen, wie am Grabenrand ein Hase geschossen wurde, Fasane suchten Deckung in unserem Garten. M. wurde wütend, rannte hinaus, schrie auf die Halunken ein. Er rief dann auch die Polizei an, sie kam schnell, aber da waren die Helden natürlich schon in ihren Autos weggerast. Eine unglaubliche Frechheit [...] Gestern abend ganz köstlich gespeist: Wildschweinfilet.

Tagebuch von Hans Warren, 20. Dezember 1997. Ich hatte schon einmal zwei ältere Tagebücher von ihm gelesen und wollte es noch mit einem neuen versuchen. Schöne Urlaubslektüre, dachte ich zuerst. Wenn zum Beispiel Maarten 't Hart oder Koos van Zomeren über Tiere und Pflanzen schreiben, lese ich das gern, aber bei Warren kommt es mir gekünstelt vor. Seine Natur-Texte, ob es nun um Trottellummen, Girlitze, Duftveilchen oder Labkräuter geht, haben etwas höchst Pedantisches und Angestrengtes.

Und dann stieß ich auf den oben zitierten Abschnitt. Ohne eine Spur von Ironie, Relativierung, Humor. Wie hat sich Warren das Ende des fraglichen Wildschweins vorgestellt? Als natürlichen Tod? Und der letzte Gedanke des Tieres war dann wohl: Schön, jetzt lande ich auf Hans Warrens Teller? Bekanntlich werden Wildschweine geschossen, von Jägern mit dem Schießgewehr. Dieses Jahr müssen in unserem Land 5200 geschossen werden, um die Population auf dem Vorjahresstand zu halten. Das Nahrungsangebot für Wildschweine ist im Augenblick so reichlich, daß sich sogar weibliche Überläufer (so nennt man die einjährigen Tiere) schon fortpflanzen. Die Folge ist Übervölkerung.

5200 Wildschweine mit einem reinen Fleischgewicht von durchschnittlich 25 Kilo, das ergibt mindestens 130 000 Kilo Schweinefleisch. Wer soll das alles essen? Ich nicht, ich finde es widerlich, und Warren ist schon tot, der ißt nie mehr Wildschwein.

Lachmöwe und Queller

31. Woche 2008

Wir waren mit einer größeren Gruppe in Den Oever unterwegs und aßen in einem Fisch-Imbiß im Hafen. Ich nahm ein Schälchen Queller und wollte alle anderen einmal probieren lassen, meine Brüder waren da, Leute aus Deutschland und aus Zaandam, und ich vermutete, daß längst nicht jeder Queller kannte. Das Schälchen kostete nur 1,50 Euro, aber fast niemand mochte das Wildgemüse. »Schmeckt salzig«, lautete der stereotype Kommentar. Es war bedeckt, nur eine asiatische Gesellschaft blieb noch vor dem Lokal sitzen, bis sie vor einem Julischauer flüchten mußte. Einer der Männer hinkte ganz furchtbar, trotzdem wirkte auch er fröhlich.

Nach dem Schauer ging ich zum Rauchen wieder nach draußen. Ich war ganz allein auf der klatschnassen Terrasse, bis auf eine steinalte Lachmöwe. Zweimal versuchte sie wegzufliegen und stieß dabei mit dem Kopf hart gegen den gläsernen Windschutz. Nach dem zweiten Mal ließ sie sich torkelnd auf einem der Tische nieder, doch auch das klappte nicht, weil ihre Schwimmfüße auf dem nassen Kunststoff keinen Halt fanden. Sie rutschte auf dem Po vom Tisch herunter und versuchte ein drittes Mal vergebens durch eine der Scheiben zu entkommen. Trotz allem wahrte sie eine gewisse Würde; matt, aber selbstbewußt blickte sie mit den kleinen Äuglein im dröhnenden Schädel in die Welt hinaus, ohne etwas Bestimmtes anzusehen. Ich trieb sie durch den einzigen Ausgang ins Freie. Dann schaute ich ihr noch dabei zu, wie sie hüpfend zwei Mäuerchen überwand, aber als sie um die Ecke bog, verzichtete ich auf weitere Beobachtung. Alles hat eine Grenze, auch das, was der Mensch an einem Tag verkraften kann.

Anschließend sind wir eine kleine Runde gefahren, extra für die Leute aus Deutschland und Zaandam. Am Campingplatz Waddenzee hielten wir auf der asphaltierten Deichstraße. Es war Niedrigwasser, das Meer sah aus wie auf einem Kitschgemälde aus dem frühen 20. Jahrhundert. Die meisten blieben in den Autos sitzen, der Wind war ziemlich stark. Ich stieg aus und schlitterte über die Basaltblöcke nach unten. In meinen teuren Lederschuhen stapfte ich durch den Schlick und rupfte Hände voll frischen Queller aus dem Boden. Völlig kostenlos. Am nächsten Tag habe ich ihn ganz allein aufgegessen.

Ewigkeit

Montag, 4. August 2008

Gestern abend wartete ich im Bahnhof Ermelo auf meinen Zug. Es hatte wie aus Eimern geschüttet und regnete immer noch leicht, wegen der dichten Bewölkung wurde es früh dunkel, und ich hörte einen der schönsten Laute, die man hören kann. Aus dem Wald, dort, wo die psychiatrische Klinik steht. Den Ruf eines Pfaus. Sehen muß ich Pfauen nicht unbedingt, eigentlich sehe ich sie sogar lieber nicht, weil ich sie viel zu protzig und dadurch schon wieder häßlich finde. Im Grunde ist mir ein Truthahn lieber, der ist wenigstens richtig häßlich mit seinem nackten Hals und den überflüssigen, wabbelnden Fleischlappen, Truthähne sind also viel ehrlichere Vögel als Pfaue, wenn auch ihr Ruf weniger schön ist, insofern steht es eins zu eins. Kein anderer Laut ist so melancholisch, so wehmutsvoll, so nostalgisch wie der Ruf eines Pfaus. »Eeewig«, ruft der Pfau, meistens nur einmal. Folglich nicht, um mit anderen Pfauen zu kommunizieren, vermute ich, sondern nur, um mitzuteilen, daß er da ist.

Und gerade wenn kein Pfau zu sehen ist, wenn nur dieser Ruf aus einem dunklen Wald zu mir dringt, muß ich einfach an das Schloß Het Loo an einem warmen Sommertag im Jahr 1979 denken oder an ein anderes Schloß, in Dänemark, am 14. Juni 2003. Pfauen können einen auf kürzestem Weg in die Vergangenheit zurückschicken. Dabei weiß ich, daß morgen auf demselben Bahnsteig jemand anders den Pfauenruf hören wird und in vierzehn Jahren andere Menschen andere Pfauen, vielleicht auf anderen Bahnhöfen, Schlössern oder Landsitzen. Und wie man kaum anders kann, als an Vergangenes zu denken, so kann man auch den Drang zu antworten kaum unterdrücken, den Wunsch, dem Rufer mitzuteilen, daß man ihn gehört hat, daß seine Botschaft angekommen ist und etwas in Gang gesetzt hat. Natürlich auch, um dem eitlen Fatzke ein Zeichen der eigenen Gegenwart zu geben. Doch auf dem Bahnhof Ermelo war es ziemlich voll. Manchmal ist es mir egal, was die Leute von mir denken, aber diesmal nicht, und deshalb rief ich nicht: »Eeewig.« Statt dessen klocklocklocklockte ich leise vor mich hin und dachte an überflüssige, wabbelnde Fleischlappen und daran, wie widerlich ich Putenfilet eigentlich finde.

Alarmglocke

33. Woche 2008

Was die Tier- und Pflanzenwelt angeht, leben wir in einer Fünf-vor-zwölf-Kultur. Erst wenn eine Tier- oder Pflanzenart stark gefährdet oder fast verschwunden ist, wird in den Medien die Alarmglocke geläutet (wobei man sich gern klangvoller Klischees bedient). Gerade habe ich im *Noordhollands Dagblad* einen ausführlichen Artikel über die Halbierung des Rauchschwalbenbestands gelesen und mir dabei gedacht, daß diese Entwicklung ja wohl absehbar gewesen ist. Immer mehr kleine bäuerliche Betriebe werden geschlossen, und immer noch verschwinden insektenreiche Wallhekken und Gebüsche aus der Landschaft. Man braucht nur zwei und zwei zusammenzuzählen. Wenn man sämtliche alten Scheunen und Kirchtürme abreißt, wird die Schleiereule sich verabschieden; wenn man Gewässer verbaut, wird uns der Fischotter verlassen; wenn man Tischdecken nicht mehr im Freien ausschüttelt, wird der Haussperling anderswo sein Glück versuchen müssen.

Im Fall der Rauchschwalbe (und des Haussperlings) könnte man noch von nicht beabsichtigten Veränderungen sprechen, aber zumindest bei großen Eingriffen in die Landschaft, an deren Planung eine Vielzahl von Spezialisten beteiligt ist, müßte man ja eigentlich von vornherein an die absehbaren Auswirkungen denken. Ich glaube, hier herrscht einfach Gedankenlosigkeit. Da man die bisherigen Resultate des Wandels in der Landwirtschaft oder die Folgen verkehrstechnischer oder städtebaulicher Großprojekte genau kennt, wäre es nicht schwierig vorherzusagen, welche Tierarten wo – und vielleicht sogar wann ungefähr – verschwinden werden. Dann wäre wenigstens Schluß mit dieser Fünf-vor-zwölf-Kultur, und man könnte die Alarmglocke durch einen Wecker ersetzen.

Manchmal scheinen die Zeiger der Uhr auch rückwärts zu gehen. In Cornwall war die *Cornish chough* ausgestorben. Für uns ist das die Alpenkrähe, aber gut, die Briten tun gern so, als gehöre eine Spezies ihnen. Der Grund ihres Verschwindens war, daß die Bauern ihre Grasfresser nicht mehr an Klippen grasen ließen, und die Alpenkrähen suchen ihre Beutetiere nur auf Böden mit kurzem Gras. Seit etwa zehn Jahren streifen nun Schottische Hochlandrinder mit sehr speziellen pflanzlichen Interessen an den Abgründen entlang, und – *lo and behold* – vor fünf Jahren kamen die ersten Alpenkrähen zurück. Die Population wird von *chough watchers* (britischen Rentnerehepaaren mit Ferngläsern und gemeinen West Highland White Terriern) vierundzwanzig Stunden am Tag bewacht. Es wird kein einziges Ei gestohlen.

Dolly und Dohle

34. Woche 2008

An einem sommerlichen Freitag nachmittag setzte mir jemand einen Graupapagei auf die Schulter, nachdem mich der Vogel schon minutenlang neugierig angestarrt hatte.

»Na, wer ist das, Dolly?« fragte das Herrchen und überließ dann dem Tier die Suche nach der Antwort. Dolly zwackte mich ins Ohr, wollte ihren Schnabel in meinen Mund schieben und fand auch das Innere meiner Nase hochinteressant. Ich hatte noch nie Bekanntschaft mit einem Papagei gemacht, und in der Gegend meines Zäpfchens begann es zu kribbeln. »Eigentlich ist Dolly wie ein kleiner Hund«, sagte ich zu Dollys Herrchen.

Am Abend darauf war ich bei der Nachbarin meines Opas zu Gast, der schon seit zwölf Jahren tot ist. Noch mehr Leute waren da, unter anderem mein kleiner Bruder, der wiederum ein Nachbar dieser Nachbarin ist. Das Wetter war schön, deshalb saßen wir draußen, tranken Bier und aßen Käsewürfel und Chips. Eine Dohle landete neben uns auf einem Auto und wurde bald ziemlich dreist. Spazierte in unseren Kreis und pickte in Schuhe und Füße. Flog dann auf und setzte sich auf die Armlehne meines Stuhls. Pickte in mein Bein, wobei sie sich auf dem schmalen Plastikrohr nur mit Mühe im Gleichgewicht hielt. Anschließend versuchte sie woanders einen Käsewürfel zu stehlen. Jemand verjagte sie. So ist es immer. Unter den Anwesenden waren auch ängstliche Frauen.

Am nächsten Morgen flog die Dohle bei meinem Bruder in die Scheune und landete auf der Werkbank. Mein Neffe und meine Nichte, beide noch klein, waren davon gar nicht begeistert und fingen an zu plärren. Mein Bruder jagte die Dohle hinaus, wir sahen sie nicht wieder. »Vielleicht war es ja Opa«, sagte er mit leichtem Bedauern in der Stimme. Er ist mal bei einem Mann gewesen, der die Aura liest. »Ja«, antwortete seine Frau, deren Aura ebenfalls gelesen worden war, »das hab ich auch schon gedacht.«

Dolly und Dohle an einem Wochenende, das berührte

mich ein wenig seltsam. Und obwohl mir völlig klar war, daß hier nicht unbedingt ein Zusammenhang bestehen mußte, fragte ich mich auf der Heimfahrt dauernd: Wenn die Dohle Opa ist, wer ist dann Dolly?

Seagull

35. Woche 2008

Wir waren unterwegs zu den Orkneys und machten in Inverness Station. Dort aßen wir in einem Pub und tranken dazu große Gläser lauwarme Pferdepisse. Als wir zu unserem Bed & Breakfast zurückgingen, sahen wir eine Mantelmöwe mitten auf der Straße liegen. Überfahren, dachten wir. Aber plötzlich bewegte sie ihren Kopf und strampelte kurz darauf mit den Füßen in der Luft, sie lag immer noch auf der Seite. Wir standen auf dem Gehweg und schauten zu. Auf der Straße herrschte reger Verkehr, Autos aus beiden falschen Richtungen fuhren an der Möwe vorbei, manche Fahrer öffneten das Fenster und schlugen mit der Hand auf die Tür, um sie zu vertreiben. Etwas tun oder nicht? Fast hoffte ich, jemand würde sie überfahren und so von ihren Leiden erlösen. Aber plötzlich stand sie auf den Füßen, wenn sie auch nichts zu sehen schien. Die Autos wichen ihr aus.

Ein Tier in Not zu sehen gehört zu den schlimmsten Erlebnissen. Noch schlimmer wäre natürlich, wenn die eigene Mutter die Kellertreppe hinunterfiele, aber solche Vorstellungen verjagt man schnell. Und wir standen nur da, unentschlossen, untätig. Ein Auto fuhr genau auf die Möwe zu, bremste, fuhr aber weiter, zwang die Möwe tief hinunter. Sie blieb sitzen, flach auf den Asphalt geduckt. Jetzt kamen zwei Männer aus dem Pub, traten unerschrocken auf die Straße und griffen sich die Möwe. Sie setzten sie auf dem Gehweg ab und blieben noch kurz stehen, um sie zu beobachten. Die Möwe stand. Sie lebte. Leider war es der falsche Gehweg, wenn sie von hier fortwollte, mußte sie erst irgendwie die Straße überqueren.

Wir waren zwei unentschlossene Männer auf der anderen Straßenseite, hier floß in einiger Entfernung der Fluß. Auf einmal war uns ein bißchen übel von den vielen Gläsern Ale. Aber im Grunde, wurde mir beim Weitergehen klar, war mir übel von meinem Zögern, von meinem Hoffen auf eine Lösung des Problems durch andere. In den nächsten Tagen wurden wir von allen Möwen, denen wir begegneten, hämisch ausgelacht. Und das waren sehr, sehr viele.

Robben

36. Woche 2008

Auf den Orkneys, wo die mittlere Sommertemperatur bei vierzehn Grad liegt, wo es unablässig stürmt und wo Regen so selbstverständlich ist wie das Atmen, wachsen kaum Bäume. Der Bergahorn scheint der einzige Baum zu sein, der es hier einigermaßen aushält, aber die meisten sind eher Strauch als Baum. Gedrungen, als wüßten sie, daß der tobende Winterwind alle vorwitzigen Äste und Spitzen sofort abbrechen würde. Erstaunlich ist die überwältigende Menge an Fuchsien, unter denen rote Teppiche liegen, denn auch im Sommer weht es hier ohne Unterlaß. Daß ausgerechnet ein Strauch wie die Fuchsie – bei uns gewöhnlich nur als Zierpflanze bekannt, die am Ende des Sommers schon auf dem Kompost landet, und so zart und zimperlich, daß man sie im Frühjahr kaum einzupflanzen wagt – sich in einem derart rauhen Klima als besonders widerstandsfähig erweist, empfand ich geradezu als herzerwärmend, und so etwas brauchte ich, denn es war nun einmal recht frisch.

Auch viel Heidekraut wächst dort. Wenn ich mich in einer ausgedehnten Heidelandschaft umsehe, stelle ich mir aus irgendeinem Grund immer vor, daß die Erde ursprünglich so gedacht war. Ein Urweltgefühl übermannt mich dann. Wir wanderten nach Mull Head, auf einem Weg, der an einer rauhen Steilküste entlangführt. Hügel, Sturm, salzige Tröpfchen, die herangeweht werden, weit und breit kein Baum. Heide und aufgewühlte See, tiefe Einsamkeit. Und plötzlich zwei Kegelrobben in den Wellen. Wir winkten ihnen zu. Zu den Dingen, die wildlebende Robben und Seehunde so sympathisch machen, gehört auch, daß sie auf Menschen zu reagieren scheinen. Sie heben den Kopf ein gutes Stück aus dem Wasser, als wollten sie genau sehen, wer sie da beobachtet. Wenn man selbst im Wasser ist und ein wenig Glück hat, schwimmen sie ein Stück mit. Die Robbenschützerin Lenie 't Hart habe ich einmal sagen hören, daß sie einen übel beißen können, aber das glaube ich einfach nicht.

Während der Überfahrt auf der Fähre, alt, klapprig und viel zu klein für das große Meer, vor allem bei starkem Wind, halfen mir die Robben, die Angst vor dem Ertrinken zu unterdrücken. Dutzende schwammen neben dem stampfenden Schiffchen her und beobachteten mit sanften braunen Augen uns klägliche Landratten. Die werden mich bestimmt retten, dachte ich; wenn wir sinken, nimmt mich eine von ihnen auf den Rücken und legt mich am Strand ab. So muß das sein in einer Urwelt.

Boris und Daan

39. Woche 2008

Vor einiger Zeit bin ich Boris wiederbegegnet, dem Rauhhaardackel, inzwischen elf. Kurz nach unserem Wiedersehen hat man ihn zum Tierarzt gebracht, um ihn einschläfern zu lassen, weil bei einem früheren Tierarztbesuch eine sehr schlimme Krankheit diagnostiziert worden war. Doch diesmal war nicht der Praxisinhaber, sondern ein Vertreter anwesend, der sicherheitshalber selbst »noch mal kurz fühlen« wollte. Und siehe da, alles war in Ordnung, das heißt abgesehen von einem verstopften Harnleiter. Der Vertretungstierarzt machte aus Boris auf der Stelle eine Art Weibchen, indem er seinen Bauch mit einer zusätzlichen Öffnung versah, und so wird Boris vielleicht noch viele Jahre durchhalten. Ein paar Wochen nach dem Eingriff war ich wieder in Almere und konnte mit Boris spielen. Ich führte mich dabei ein bißchen wild auf, auch Boris führte sich ein bißchen wild auf und versuchte dann rührenderweise meinen Arm zu decken. Etwas halbherzig, aber das wunderte niemanden.

Am nächsten Tag ging ich zu Schreibwaren Vlieger, um zwei neue Signierkugelschreiber zu kaufen, denn der alte hatte ausgedient. In der Schreibgeräte-Abteilung auf der ersten Etage verbringt seit Jahren ein kurzhaariger Jack Russell Terrier seine Tage. Ich weiß nicht, wie er heißt, könnte mir aber vorstellen, daß er ein Daan ist. Ein sehr ruhiger Hund und doch auch »ein echter Rüde«, wie der Verkäufer einmal sagte. Ich hatte dieselbe Hose wie am Vorabend an. Daan reagierte sehr erregt auf diese Hose und, bis ich die richtigen Signierkugelschreiber gefunden hatte, auf meine ganze Person. Er sprang an mir hoch, und als ich ihn streichelte, begann auch er meinen Arm zu decken. Danach wollte er mich nicht fortlassen. Er sprang doppelt so hoch, wie er lang ist, bellte, biß in meine Hände und Ärmel und stellte sich breit vor die Treppe.

Auch das gehört also zu den Aufgaben des Menschen in einem Hundeleben: Duftspuren transportieren. Zwei Hunde, die sich nie begegnet sind, nie begegnen werden, zusammenbringen. Über eine Entfernung von dreißig Kilometern Erregung wecken. Ein williges Bein hinhalten. Ich hatte große Lust, vom Laden aus direkt nach Almere zu fahren, um zu sehen, was Daan bei Boris auslösen würde.

Mopedflegel

40. Woche 2008

An einem Nachmittag begleitete ich einen Biologen, der an einer Studie über Libellen mitarbeitet, auf das Landgut Duin en Kruidberg. Der September ist ein stiller Monat. Die Vögel sind erschöpft und müde oder schon weggezogen. Wenn ich ein Vogel wäre, würde ich Duin en Kruidberg nie verlassen: Sanddorn- und Kriechweidengebüsch, Traubenkirschen, Hagebutten, die Früchte von Weißdorn und Spindelstrauch, seichte Tümpel, Schilf und hohe Gräser. Die einzigen Bäume, die ringsum rauschten, waren Pappeln, aber ich neige immer mehr zu der Annahme, daß sie selbst den Wind machen. Die Sonne schien, es war etwa achtzehn Grad warm. Ein perfekter Libellentag, meinte der Biologe.

Wir sahen vor allem Große Heidelibellen, die allesamt im Tandem flogen und das sogenannte Paarungsrad formten. Einige Libellen können übrigens wegen der besonderen Anordnung ihrer Flügelpaare auch rückwärts fliegen. Außerdem beobachteten wir Große Pechlibellen, eine Gefleckte Heidelibelle, ein paar Herbst-Mosaikjungfern und als Krönung zwei Schwarze Heidelibellen; diese Art hatte der Forscher hier seit Jahren nicht mehr gesehen. Die Heidelibellen gehören zur Familie der Segellibellen, was ich nur erwähne, weil das ein so schönes Wort ist. In einem der Tümpel schwamm eine kleine Kröte. Sie würde ertrinken, wurde mir gesagt. Wir fanden einen Krähenschädel, aber den versprochenen Fischadler bekamen wir nicht zu Gesicht. Zwei Schottische Hochlandrinder standen bis zum Bauch in einem kleinen runden Weiher. Immer ein schöner Anblick, dieses gelassene, dümmliche Stehen im Wasser.

Ein Halbstarker auf einem Moped raste vorbei, und als wir uns nach ihm umschauten, schaute auch er sich um, reichlich dreist, und gab extra noch einmal lautstark Gas. Durchs Fernglas sah ich ein Schwarzkehlchen und in einem größeren Weiher eine Gruppe von Zwergtauchern. »Schade, daß nichts Ungewöhnliches passiert ist«, sagte ich im Bahnhof Santpoort-Noord zu dem Biologen. »In einem Feature muß man immer irgendwie etwas Allgemeines mit etwas Besonderem verbinden, so daß eine Geschichte entsteht.« »Du meinst«, fragte er, »daß der Mopedflegel umgekehrt wäre, um uns zusammenzuschlagen?« »Ja«, seufzte ich. »Zum Beispiel.«

Sjors und andere

42. Woche 2008

Früher hatten wir Katzen, jede Menge Katzen, halbwilde. Manchmal waren es viele, im nächsten Monat vielleicht nur noch eine einzige, weil die anderen weggelaufen oder überfahren worden waren. Weitere zwei Monate später waren es dann wieder neun. Unmöglich, sie im Auge zu behalten, und besser, sie nicht ins Herz zu schließen. Der Hund starb nicht, wurde nicht überfahren, lief nicht weg, an ihm hatte man mindestens zehn Jahre lang Freude. Ich weiß noch genau, wann sich meine Einstellung zu Katzen änderte. Freunde von mir hatten drei, die älteste starb. Sie waren traurig. Und ich sagte: »Schafft euch doch eine neue an!« Die Vorwürfe, die ich mir daraufhin anhören mußte, waren heftig, und zum ersten Mal wurde mir klar, daß eine Katze für einen Menschen so etwas wie ein Hund sein kann, daß manche Menschen wirklich an ihren Katzen hängen.

Später kam eine Zeit, in der einige Leute vor dem Urlaub ihre Katzen zu mir in Pension gaben, denn ich war immer zu Hause. Das war eine schwierige Zeit. Ein Katzenklo ist so ungefähr das Ekligste, was man in der Wohnung haben kann, und wenn man mir versichert hatte: »Nein, nachts schläft sie, die stört dich nicht«, konnte ich mich darauf verlassen, daß die Katze die ganze Nacht mit kläglichem Geschrei an meiner geschlossenen Schlafzimmertür kratzte. Womit dann auch die Behauptung, zu Hause dürfe sie nie mit ins Bett, als Lüge entlarvt war. Ich habe mehreren Katzen einen Tritt verpaßt, daß sie durch den Flur flogen. Das war spontane Wut, dazu kam aber noch eine unterschwellige, nagende: darüber, daß die jeweiligen Herrchen und Frauchen katzenfrei Urlaub machen konnten und ich zu Hause bleiben mußte, in Gestank und Elend. Stundenlang konnte ich mit finsterem Blick diese Fellbündel anstarren, die sich behaglich auf meinem weißen Sofa räkelten. Unerträglich. Ich lernte, hart zu sein, sagte einfach nein, wenn man mich bat, den Katzenbetreuer zu spielen, und Sjors, Cassie, Jip und Pawlow wurden anderswo untergebracht. Nur Sjors lebt noch, wo, fällt mir im Moment nicht ein, auf jeden Fall haben ihn seine früheren Besitzer nicht in ihr neues Haus mitgenommen, weil er dort alles zerkratzt und beschmutzt hätte. Auch Sjors ist einmal durch den Flur geflogen, aber daran möchte ich nicht denken, denn Mitleid ist in diesem Fall kein angenehmes Gefühl.

Fast wieder gesund

43. Woche 2008

Am 12. Oktober, nach ein paar Krankheitstagen, war das ideale Zum-ersten-Mal-wieder-raus-Wetter. Fast windstill. Ich fuhr wie ein Sonntagsradler von Heerhugowaard zum Wogmeerpolder. Unterwegs ließ eine große Weißpappel ihre Blätter auf mich fallen. Bei der Ankunft war mir schwindelig von soviel frischer Luft nach fünf Tagen im Haus. Zwei Schoonebeker Heideschafe standen allein auf einer Koppel, und obwohl diese Rasse als »wild« gilt, benahmen sie sich mir gegenüber gar nicht so. Sie benutzten meine Hände als Kratzer und nagten an meinen Daumen. Dabei verdrehten sie vor Entzücken ihre gelben Teufelsaugen. Rakker, der dunkelbraune Shetlandhengst, oft neidisch auf Kevin, das richtige Pferd, weil es auf der Weide herumlaufen darf, ließ sich die Nüstern kitzeln und leckte hingebungsvoll meine

Hand. Er biß mich nicht – für ein Shetlandpony ausnehmend nett. Ein sehr altes Mütterchen saß auf einem Stuhl in der Sonne, neben einem Tischchen mit einem kleinen Blumentopf darauf, eine Schere in der Hand. Jeder versprach, ihr eine Tasse Tee zu bringen, keiner tat es.

Ich kippte eine Schubkarrenladung Brennesseln auf Kevins Weide. Er kam nicht, als ich ihn rief. Das nehme ich ihm nicht übel. Wenn ich ein Pferd und dreißig wäre, würde ich mich auch oft stur stellen. Dafür kam ein drittes Schoonebeker Schaf auf mich zu. Ein Mutterschaf, es nahm eine einladende Haltung ein. Ich ignorierte es. Alle Böcke waren vor einer Woche in der Tiefkühltruhe verschwunden. Im Gemüsegarten standen ordentlich aufgereiht zehn Weißdornsträucher, die später einmal anderswo ausgepflanzt werden sollen. Ich schnitt sie zu einer Hecke zurecht, es machte mir Spaß. Außerdem zog ich ziemlich viel Drüsiges Springkraut aus dem Boden, die Kapselfrüchte schleuderten mir knallend die Samen um die Ohren. Nächstes Jahr darf man also auf einem dreimal so großen Stück Springkraut ausrupfen.

Als ich wieder einmal eine Schubkarre leerte, sah ich am anderen Ende der Weide Kevin stehen, reglos. Ein Kind saß auf seinem Rücken, genauso ruhig wie das Pferd, und schön aufrecht. Nachher trank ich ein Glas Weißwein mit Quittengelee auf dem Boden. Von der Konsistenz her wie Rotze, aber unvergleichlich viel süßer als meine Rotze.

Instinkt

48. Woche 2008

Wir wanderten durch die hügelige Landschaft rund um Berg en Dal. Merkwürdig sumpfig war es überall, dabei hatte es meiner Erinnerung nach in letzter Zeit nicht geregnet. Auf einer Koppel an einem Hang staksten vier dreckige Schafe herum, ein dicker, keuchender Bock war fast schwarz vor Schmutz. Ansonsten sahen oder hörten wir kein einziges Tier. Der Himmel war grau, er versprach Nieselregen. Kein Vogel rief, und wie immer fragte ich mich, wo die Vögel eigentlich stecken, wenn man sie weder hört noch sieht. In Höhlen oder anderen Unterschlupfen oder nur mäuschenstill auf Ästen? An den windgeschützten Stellen spürten wir die Schwüle und mußten unsere Herbstjacken öffnen. Es war die Sorte Wetter, die in mir den Drang erweckt, mich komplett auszuziehen und in einer dicken Laubschicht zu wälzen. Ich gab diesem Drang nicht nach, auch weil mein Wandergefährte sagte: »Nun spiel nicht verrückt.«

Ich spielte also nicht verrückt, und nach etwa einer Stunde kamen wir zu einem gemütlichen Pfannkuchenhaus mit rot karierten Decken auf wackligen Tischchen und dem Geist von Rien Poortvliet zwischen den Dachbalken.

Im Gastraum lief ein Border Collie herum, ein unerzogener Hund, der seinen Besitzern, einem jungen Paar, lieber nicht gehorchte. Die beiden waren von der besonders coolen Art und fanden es ganz normal, daß ihr Hund andere Leute belästigte, schließlich war es ja *ihr* Hund. Eine dikke Frau stieg leise schimpfend über das Tier, das sich auf dem Boden ausgestreckt hatte, ein Kind blieb ängstlich vor ihm stehen. Der Hund rührte sich nicht. Zwischendurch ging ich eine Zigarette rauchen, draußen natürlich. Dort trieb sich ein kleiner schwarzer Schafbock herum, der eine so mißmutige Schnute zog, daß die Zunge halb heraushing. Ich drückte meine Zigarette bald aus.

Der Hund hatte sich wieder lang auf dem Boden ausgestreckt, diesmal neben dem Stuhl von Frauchen. Er schien tief zu schlafen. Ein älterer Mann stand auf und entfernte sich unsicher, auf einen Stock gestützt, von seinem Tisch. Ein Schlaganfallpatient, vermutete ich. Er ging direkt auf den Hund zu, den er wohl gar nicht sah. Ich hielt den Atem an. Ohne den Kopf zu heben, legte der Hund seine Rute auf den Leib und zog die Hinterbeine an. Er hatte den Mann gespürt und ihn anders eingeschätzt als die dicke Frau und das Kind. Zwischen den Dachbalken hörte ich Rien Poortvliet zufrieden seufzen.

Interview

49. Woche 2008

»Liebst du Hunde?« fragte der Journalist. Ich kniete neben einem Airedale Terrier, der sich schon mehr für einen anderen, näher kommenden Hund als für mich interessierte. »Ja, sehr«, antwortete ich. »Aber diese Rasse, na ja, die ist nicht ganz ohne. Ich kenne ein Ehepaar, das einen Airedale hatte, einen Rüden. Die alte Mutter der Frau kam öfter zu Besuch, und genauso oft versuchte der Hund, die Mutter zu decken. Sie haben sich von ihm getrennt, die Mutter war es irgendwann leid.« Ich sagte nicht, daß sie sich auch ebensogut von der Mutter hätten trennen können. »Und kastrieren, war das keine Möglichkeit?« fragte der Journalist. »Das macht überhaupt keinen Unterschied«, meinte das Frauchen des anderen Hundes, der inzwischen an der Bank vor dem Café angekommen war. Wir waren nach draußen gegangen, weil ich rauchen wollte. Es war novemberkalt, aber die Sonne schien und hatte noch Kraft.

Die beiden Hunde beschnüffelten sich gierig, umkreisten sich dann ein bißchen und sahen sich dabei schräg an. Inzwischen hatten der Journalist und ich uns auf die Bank gesetzt. Der Neuankömmling war eine Mischung, zur Hälfte Dalmatiner. Der Journalist hielt ihn für einen Welpen. Ich konnte es nicht fassen. »Siehst du nicht, daß das ein steinalter Hund ist?« fragte ich. »Dreizehn«, erklärte Frauchen, »und er hat's am Herzen, da kann man auch nichts mehr machen.« Außerdem sei er halb taub. Aber er war ganz furchtbar lieb, das sah ich. Wir konnten nicht voneinander lassen. Sein Blick ging mir durch und durch, fast hätte ich fünftausend Euro aus der Hosentasche gezogen, um ihm doch noch zu einer Operation zu verhelfen. Das Paar mit dem Airedale Terrier entfernte sich grußlos, vielleicht verärgert über meine Muttergeschichte. Jetzt erhob sich die Frau neben uns. »Ja, wer kommt denn da?« fragte sie in dem Ton, den Leute sonst gegenüber Kleinkindern anschlagen, und sah zu einer Spaziergängerin hinüber. Der alte Hund schaute mich an. Später sprang er dann doch an Frauchens Freundin hoch. Vorsicht! dachte ich. Denk an dein Herz! Danach wäre ich eigentlich gern einen Moment allein gewesen, aber der Journalist sagte: »Bäume. Was genau fasziniert dich an Bäumen?«

Tiere im Schnee

10. Woche 2009

Ich besuchte den Tiergarten Schönbrunn, und er gefiel mir sehr, weil dort viele Tiere leben, die es in Artis nicht gibt. Der Zoo war ursprünglich die Menagerie der kaiserlichen Sommerresidenz, heute ist er durch hohe Zäune vom Schloßpark getrennt. In Wien hatte es tüchtig geschneit, aber an diesem Tag schmolz der Schnee, und ich stellte fest, daß mein linker Schuh undicht war. Außer mir waren kaum Besucher zu sehen. Dafür aber: Rentier, Japanischer Serau (gemütlich wiederkäuend), Koala (im Tiefschlaf), Bison (grübelnd, reglos), Schlangenadler und Bartgeier, Kurzkopfgleitbeutler, Brillenbär (kletterte gerade auf einen Baum), Felsen- und Königspinguin (brachten sich nicht gegenseitig um, obwohl sie im selben Gehege wohnten), Afrikanischer Elefant (wirklich viel größere Ohren als bei seinem indischen Verwandten), Elenantilope (massig), Gottesanbeterin, Großer Panda (wandte mir stur den Rücken zu, fraß Bambusblätter von einem Halm; unwirklich, als wäre das WWF-Logo zum Leben erwacht), Indischer Riesenflughund (die Tiere hingen wie umgedrehte Lakritztüten am Dach des Regenwaldhauses), Eisbär (mindestens vier, sie freuten sich über den Schnee und die großen Eisschollen in ihrem Gehege).

Bei zwei Tierarten dachte ich: Wenn ich sie erwähne, schreibe ich »im Schnee« dahinter. Panzernashörner und Geparden stellt man sich ja eigentlich in heißen Gegenden vor. Die Nashörner wären liebend gern in ihr Haus zurückgegangen, aber die Tür wollte sich nicht öffnen, und so liefen sie immer wieder gesenkten Hauptes eine eisfüßige Runde. Nie zuvor hatte ich einen Geparden sozusagen in natura gesehen; in Wien ist ihr Gehege teilweise durch Glasscheiben begrenzt, so daß man ihnen Auge in Auge gegenüberstehen kann. Das geschah auch. Der Gepard hat einen auffallend kleinen Kopf mit großen Augen. Sie starrten genau in meine, und bevor ich den Blick abwenden mußte, sah ich eine gewaltige Müdigkeit, unzählbare rasende Sprints, so oft erfolglos, kahle Sträucher, die keinen Schatten spenden, ausgedehnte, ockergelbe Ebenen; ich roch ein kleines Gnu (bitteres Laub), vor allem aber sah ich in diesem unergründlich tiefen Blick völlige Erschöpfung, und ich weiß nicht, ob ich aus Mitleid wegschaute oder vor Angst.

Benjamin

11. Woche 2009

Zwei Tage nach dem Besuch im Tiergarten Schönbrunn war es Zeit für tote Tiere. Ich ging ins Naturhistorische Museum am Maria-Theresien-Platz. Mich trieb ein seltsames Verlangen, das der Nimmersatt geweckt hatte, ein Vogel mit einem mythischen Namen; ich habe ihn beim letzten Mal nicht erwähnt, weil ich ihn für diese Kolumne aufsparen wollte. Der Nimmersatt im Zoo erinnerte mich an meinen sehnlichen Wunsch, endlich einmal einen Vielfraß zu sehen. Ich fand ihn, nach einer stundenlangen Odyssee zwischen Tausenden von Tierpräparaten, im Schaukasten mit Mardern. Das Tier war schon seit einem halben Jahrhundert tot, und sein Anblick war mit meinem Verlangen nicht in Übereinstimmung zu bringen. Es blieb deshalb vorläufig unerfüllt.

Unterwegs widerfuhr mir, was man in der englischsprachigen Welt wohl *serendipity* nennt: Man sucht etwas und findet zufällig etwas anderes. Mein Serendipitätstier war der

Tasmanische Tiger oder Beutelwolf. Er hatte einen Schaukasten ganz für sich, dazu eine Tafel mit viel Text und einigen Fotos. Ich wußte ja schon, daß der letzte seiner Art im September 1936 im Zoo von Hobart auf Tasmanien gestorben war. Benjamin. Der Film, in dem ich ihn gesehen hatte, war einer der schlimmsten, die ich kenne, aber auch ein einmaliges Dokument, eben weil das Aussterben sonst nicht vor der Kamera vor sich geht.

Schwalbe und Wespe

17. Woche 2009

Am 10. April habe ich die erste Schwalbe gesehen. In der Nähe eines Bauernhofs bei Uitdam in Waterland. Und tatsächlich machte sie ein bißchen Sommer, die Sonne schien, es war warm, und eine unsichtbare Lerche besorgte das übrige. In Uitdam war ich, weil Freunde von mir dort auf ein Haus und einen Hund aufpaßten. Der Hund war ein nicht ganz reinrassiger Deutsch Drahthaar mit honigbraunen Augen, und wir führten ein schönes kleines Kammerspiel auf: Ich aß Schokoladenkekse, er saß direkt vor mir und gab sich die größte Mühe, mich und nicht die Kekse anzusehen. Auch das gefällt mir an Hunden: daß sie so schauspielern und dabei vor lauter Anstrengung kaum die Augen offenhalten können. Meine Freunde erzählten von Schafstelzen, und das machte mich ein bißchen neidisch, denn ich konnte mich nicht erinnern, selbst je eine gesehen zu haben. Deshalb gab ich dem Hund einen Keks, und noch einen.

An den folgenden Tagen war ich ganz oben in Nordholland. Keine einzige Schwalbe in Sicht. Als dann aber mein kleiner Bruder und ich unseren älteren Bruder heimlich mit dem Fernglas beobachteten (er lief mit dem Gewehr über sein Land, auf Fuchsjagd), flog tatsächlich eine Schafstelze ins Bild. Schön, die hatte ich also erwischt, ich war zufrieden und glaubte auf einmal auch zu wissen, warum ich hier keine Schwalben sah. Sie waren einfach noch nicht so weit nach Norden gezogen.

Am 15. April war ich in Kiel. Kaum betrat ich meinen Hotelbalkon, da sah ich auch schon eine Schwalbe. Sie segelte vorbei und verschwand um die Ecke in Richtung Kieler Förde, wo bei diesem warmen Wetter vielleicht Mückenschwärme über dem Wasser schwebten. So ging sie dahin, meine schöne Theorie. Einen Tag später saß ich auf einer Terrasse und hatte einen Pappbecher Espresso vor mir auf dem Tisch stehen. Eine Wespe landete auf dem Becherrand. »Verzieh dich, und zwar schnell«, sagte ich zu ihr. »Du bist viel zu früh dran.« Wespen am 16. April, wohin soll das noch führen. Aber sie war brav, stach mich nicht und machte sofort den Abflug.

Petra

21. Woche 2009

Hinter der Stiftsbuchhandlung Maschmann in Nottuln liegt ein kleiner Garten, den man über ein Treppchen erreicht. Vor der Lesung drehten Frau Maschmann und ich eine Runde durch diesen Garten und versuchten niederländische und deutsche Pflanzennamen zusammenzubringen, was manchmal auf dem Umweg über die wissenschaftlichen Bezeichnungen auch gelang. In solchen Momenten dankt man Linné wieder einmal auf bloßen Knien. Es gab eine gerade verblühte Felsenbirne (*krentenboompje*), außerdem einen Flieder (*sering*) und einen Haselnußstrauch (*hazelaar*), die unglaublich dilettantisch zurückgeschnitten worden waren. Ein befreundeter Buchhändler, der »gerne im Freien« ist, hatte das getan, nach Anweisungen des Ehepaars Maschmann. Eine auch ohne Blüten schöne Kletterrose (*klimroos*) bedeckte die ganze Seitenwand eines alten Fachwerkschuppens, zwei quaderförmig beschnittene Eiben (*taxussen*) flankierten eine grüne Gartenbank.

Nach der Lesung kam aus dem Keller eine alte Katze zum Vorschein, die dort unten geduldig das Ende des Betriebs abgewartet hatte. Petra heißt sie, und sie verbringt ihr Leben mehr oder weniger unterirdisch, weil sie »sehr scheu« ist. Ich hockte mich hin, was ich normalerweise nur für Hunde tue, und sofort machte sich die Katze laut klagend davon. Petra kann nur in Begleitung in den Garten, weil die dort wohnenden Vögel sie sonst angreifen und rücksichtslos auf sie einpicken. Als ich das hörte, kam mir der Gedanke, daß die Katze vielleicht einen sehr großen Adler in mir gesehen hat.

Jedes Jahr – erzählten die Maschmanns weiter – gibt es aber eine Zeit, zu der Petra sich gefahrlos auf das Treppchen zum Garten wagen kann. Nämlich im Herbst, wenn die Vögel von den Früchten der Felsenbirne berauscht sind. Dann torkeln sie mit ausgebreiteten Flügeln über den Rasen und bleiben benebelt zwischen Schmetterlingsflieder und Hortensien liegen. Dann, nur dann, sitzt Petra wie eine alte Königin auf dem Treppchen und blickt verwundert in den sonst so feindlichen Garten. Kein Vogel pickt auf sie ein, sie versuchen es nicht einmal. Petra sitzt und schaut, tagelang, schüttelt höchstens hin und wieder besorgt das alte

Haupt. Die Geschichte gefiel mir, deshalb habe ich sie aufgeschrieben, obwohl ich vermute, daß sie nur typisch deutscher Buchhändlerkohl ist.

A. S. Byatt

20. Woche 2010

Sonntag abend. Solothurn. Es ist sehr still, der Fluß scheint nicht zu fließen, unter der Brücke zur Altstadt schüttelt ein Schwan laut seine Flügel, die Mauersegler, die den ganzen Tag woanders Futter gesucht haben, sind zurückgekehrt, sie fliegen sehr hoch. Auf einmal rieche ich die Kerzen der Kastanie neben dem Mäuerchen, auf dem ich sitze, die Platanen beginnen auszuschlagen. In einer Viertelstunde fährt der Zug nach Zürich, gerade habe ich einen Espresso getrunken, mit einem Grappa dazu. Noch nie war ich so in Zeitdruck mit dem Schreiben meiner Kolumne, die letzten vier Tage hat mich A. S. Byatt in Atem gehalten, der Wunsch, mit dieser Booker-Preisträgerin in Kontakt zu kommen. Sie steht als erste am Büfett, wenn es ein Büfett gibt, füllt mehrmals ihren Teller. Sie trägt eine große Rolle durchsichtiges Klebeband in der Hand oder ums Handgelenk, sie schaut mit dem Blick einer würdigen Matrone in den Raum oder vor sich hin. Und ich schaffe es einfach nicht, sie anzusprechen, und bin doch immer begieriger, etwas über das Warum und Wofür dieser Rolle Klebeband zu erfahren. Ihre Lesung habe ich verpaßt, weil ich nach ihr an der Reihe war und mich vor lauter Nervosität erst noch auf mein Hotelzimmerbett zurückgezogen hatte. Eigentlich hätte ich die Augen offenhalten müssen, die beiden Störche beobachten, feststellen, wieviel weiter oder weniger weit die Natur hier ist, mir eine witzige Umschreibung für das Verhalten der beiden Enten ausdenken, die dreimal so schnell schwammen, wie ich laufen konnte. Statt dessen war ich die ganze Zeit mit A. S. Byatt beschäftigt, deren Name berühmter ist als ihr Werk (ich kenne überhaupt nichts von ihr) und die ich eigentlich nur beim Frühstück oder bei Büfetts gesehen habe. Die duftende Kastanie, der Schwan, die Mauersegler, und jetzt auch betrunkene, provozierend grölende Schweizer Jugendliche. Ich weiß, daß man Byatt zum Flugplatz gebracht hat und daß im Augenblick keine Aschewolke droht. Dunkle Wolken hängen nur auf den Bergen hinter der Stadt, das Dunkelzelt, in dem ich mit einem Blinden Weißwein getrunken habe, wird abgebaut. Ich seufze, zufrieden: A. S. Byatt ist sicher auf dem Weg nach England. Ich stehe auf und gehe zum Bahnhof.

Grabsteinbuchstabenmaler

36. Woche 2010

»Sie sind ein Grabsteinbuchstabenmaler«, sagten Leser in Düsseldorf zu mir, und zwei Tage später, an einem Samstag, besuchte ich mit meiner Schwester den Friedhof in Huisduinen, um dort der Tätigkeit des Grabsteinbuchstabenmalens nachzugehen. Wir hatten auch eine Heckenschere bei uns. Das Kind meiner Schwester liegt in einem Buchsbaumrechteck, das mit Rindenmulch bedeckt ist. In dem Rechteck steht ein Findling mit einer kleinen Bronzeskulptur darauf. Die in den Stein gefrästen Buchstaben waren einmal dunkelgrün, inzwischen waren sie teilweise ausgewaschen.

Nun sollten sie schwarz werden. Nach dem Malen des Namens dachte ich, ich würde für alles Stunden brauchen. Bis ich den Text unter dem Namen grob ausgepinselt und anschließend einen strammgezogenen Lappen über den recht fettigen Stein gezogen hatte. Das Ergebnis hätte nicht besser sein können, gleichmäßig und sauber. So sparte ich viel Zeit, und nachdem wir den Buchsbaum fast so gleichmäßig geschnitten hatten, wie die Buchstaben aussahen, bearbeitete meine Schwester den Rindenmulch mit einer Harke. Außerdem warf sie verschiedene, ihr nicht wohlgefällige Trauerutensilien in einen Container. Ich rauchte eine Selbstgedrehte und betrachtete die anderen Kindergräber, die in einem Halbkreis angeordnet sind. Danach taten wir etwas, das man vielleicht gar nicht tun darf, aber es ist schwer, der Versuchung zu widerstehen: Wir nahmen uns fremde Gräber vor. Zuerst das eines Koen, ein Grab, auf dem Löwenzahn die Macht ergriffen hatte. Den rupfte ich aus und glättete dann den Kies. Alle überhängenden Zweige einer Schneebeere und einer Forsythie entfernte ich, den Wacholder, der den Stein berührte, schnitt ich zurück, jetzt konnte man sofort sehen, daß Koen dort liegt. Auf seinem Stein steht nur ein einziges Datum. Einige Meter weiter schien zwischen zwei Gräbern eine nicht belegte Stelle zu sein, aber bei genauerer Untersuchung erwies sie sich als Grab, das seit Jahren nicht mehr freigeschnitten worden war. Der Buchsbaum- und Eibenabfall füllte schließlich einen halben Container. Meine Schwester rief die ganze Zeit: »Achtung, der Aufseher!« Meine Schwester ist eine Spaßmacherin. In dem freigeschnittenen Grab liegt ein oder eine Janusi. Wie lange er oder sie gelebt hat, erfuhren wir nicht, auf dem Stein steht nur dieser Name. Es war fast Essenszeit, leider, leider, denn sonst hätten wir uns gleich den ganzen Halbkreis vorgenommen.

Gemüse

40. Woche 2010

Vorige Woche war ich in Darmstadt. Ein trüber Tag, der immer noch trüber wurde, Nieselregen, modernes Hotel. Nichts wie raus also. Nach wenigen Schritten kam ich in den Herrngarten; daran schließt sich der Prinz-Georg-Garten an, ein Barockgarten, in dem der Buchsbaum vor kurzem auf recht grobe Weise geschoren worden war. Überall Blumen, vor allem Dahlien, plätschernde Fontänen. Wesentlich auffälliger war etwas anderes: Auf vielen der Beete zwischen den Buchsbaumhecken wuchsen Grünkohl, Artischocken und anderes Gemüse. Salat natürlich auch, so zart noch, daß man ihn nicht allzu lange anzusehen wagte, vor allem bei diesem Wetter. An der Seite stand eine Lindenhecke auf Beinen, darunter eine Hainbuchenhecke, beide zusammen bildeten ein sehr schönes Ensemble, mit einem Sichtschlitz in der Mitte. In einer kleinen weißen Voliere lebten viele gelbe Ziervögelchen, die sich trotz der Fülle wohl zu fühlen schienen, einige schlossen vor lauter Behagen die Äuglein. Aber dieses Gemüse! Eine Gärtnerin kam, sie zog gerade ihre Handschuhe aus. Ich fragte sie, ob sie nicht jede Woche etwas Neues anpflanzen müßten. Ja, es werde öfter mal was »geklaut«, dabei sei das Gemüse für den Verkauf bestimmt. Der Mangold sehe doch wirklich gut aus. Mangold für *snijbiet*, die Deutschen haben tatsächlich ein Talent fürs Finden schöner Namen. Mit dem Brokkoli sei aber wohl bald Schluß, meinte die Frau. Wir hätten ja schon Herbst, und später würden die Beete alle kahl sein.

Mir gefiel der Garten sehr. Gemüse kann schön sein, und ich weiß auch, warum ich eine Vorliebe dafür habe: Es wächst in langen, geraden Reihen, Ordnung ergibt sich ganz von selbst. In dieser Hinsicht paßt Gemüse wunderbar in einen Barockgarten mit seinen strengen geometrischen Formen. Auch in einer ganz gewöhnlichen Rabatte in einem ganz gewöhnlichen Garten kann übrigens eine Artischocke oder eine Cardy wunderschön aussehen, vor allem kombiniert mit Stauden, am besten in Grautönen. Rhabarber ist ebenfalls sehr hübsch und füllend. Karottenlaub finde ich allerdings häßlich, und weder Prinzeßbohnen noch grüne Bohnen können mich entzücken. Es gibt eben auch Gemüse, die man einfach essen und nicht bewundern soll.

Wieder eine tote Taube

42. Woche 2010

Bielefeld Hauptbahnhof. An Gleis 2 fährt der Zug nach Minden ein. Es ist kalt, die erste richtige Kälte, die ich in diesem Herbst erlebe, in der Nacht lag die Temperatur um den Gefrierpunkt. Als der Zug zum Stillstand kommt, glaube ich im ersten Moment, daß es schneit; etwas Weißes wirbelt von der Windschutzscheibe des Triebwagens, und unter dem Scheibenwischer scheint ein Klumpen Schnee zu kleben. Es ist eine Taube. Der Lokführer steckt den Kopf aus dem Seitenfenster. »Der ist tot«, sagt er, und mir wird klar, daß er »Vogel« denkt, denn das ist ein »der«, während »Taube« eine »die« ist. Mein Deutsch macht wirklich riesige Fortschritte. Eben erst passiert, erzählt er, bei Tempo 160. Er steigt nicht aus, um den Vogel von der Scheibe zu entfernen, schaut auf die Bahnsteiguhr, sieht, daß er schon eine Minute Verspätung hat. »Schade«, sage ich, obwohl ich »traurig« sagen wollte, aber dieses Wort fällt mir gerade nicht ein. Er winkt mir kurz zu, als der Zug sich in Bewegung setzt. Wenig später fährt der Zug nach Hannover ein, auf demselben Gleis. Die Windschutzscheibe ist sauber. Ich suche meinen reservierten Platz. Neben mir sitzt eine sehr kleine Frau. Vor ihr auf dem Boden steht eine Reisetasche mit einem Zwergdackel darin. Sie redet auf den Hund ein, er wird immer aufgeregter, plötzlich drückt sie ihn in die Tasche hinunter und zieht den Reißverschluß zu. Der Hund windet sich und fiept, das Plastik an der Oberseite der Tasche beult sich aus. Die Frau drückt den Hundekopf nach unten, immer wieder. Was für ein dummes, dumpfes Stück. Offenbar begreift sie nicht, daß man ein Tier nicht erst in Aufregung versetzen und dann erwarten kann, daß es sich in so einer Lage ruhig verhält, eingesperrt in eine dunkle, enge Tasche. Sie redet wieder auf den Hund ein: »Was willst du denn?« Ich möchte etwas sagen, mich einmischen, das tue ich gern, wenn ich im Ausland bin, wo es mir leichter fällt als zu Hause. Statt dessen denke ich an den Lokführer, der extra für mich den Kopf aus dem Seitenfenster steckte, der etwas loswerden wollte, weil er sich natürlich fürchterlich über die tote Taube ärgerte. Dieses Scheißvieh!

Basel

46. Woche 2010

In Basel wollte der Herbst kein Herbst sein. Achtzehn Grad, die Sonne schien, eine Art kühler Sommertag. Dabei hatten wir den 13. November, und die Bäume waren kahl. Der »Zolli« von Basel ist ein altmodischer Stadtzoo, eine Bahnstrecke führt quer hindurch, Häuserreihen drängen die Tiere auf einem langgestreckten Gelände zusammen. Kein einziger Affe war zu sehen, dafür zwei hohe Kräne. Ich hatte mein neues Hobby bei mir, meine Sony Cyber-Shot. Sehr viele Fotos machte ich von den beiden Okapis und eins von einem Nashorn, das ich direkt vor der Nase hatte und trotzdem mit Megazoom noch näher heranholte. Das ist also ein sehr künstlerisches Foto geworden. Und wieder konnten einige Tiere auf meiner Noch-nicht-gesehen-Liste abgehakt werden: der Javaneraffe, der Kleine Kudu, Wildesel, die Graue Gehörnte Heidschnucke, das Zwergzebu und nicht zu vergessen der Brillenkauz. Er ist außergewöhnlich schön, Eulen bevorzugen ja oft Grautöne, der Brillenkauz dagegen Braun und Weiß. Auf vielen meiner Fotos war der Zaun scharf und die Tiere dahinter verschwommen. Das machte ich nicht mit Absicht, die Sony Cyber-Shot machte es für mich. Nach zwei Stunden zeichnete sich deshalb allmählich ein Thema ab: das Wesen des Zoos. Dieses Thema behandelte ich immer wieder auf andere Weise: Ein Flußpferd erwischte ich im Moment des Untertauchens, die Kleinen Kudus (wirklich sehr fotogene Tiere) teilte ich mit dicken Bambusstangen in zwei Teile, wunderschöne bunte Vögel fotografierte ich, wenn sie halb hinter Laub, Futtertischen oder anderen Vögeln versteckt waren. Ich glaube, ich werde das alles in einer Ausstellung präsentieren, wo, weiß ich noch nicht, darüber zerbreche ich mir später den Kopf. Ach richtig, auf einem der Bilder ist ein dickes Huhn zu sehen, das vor mir wegrennt: ein kleiner rötlicher Fleck mit einem noch viel kleineren Hühnersterz darin. Bedeutungsvoll; dieses Foto kommt bestimmt in die Ausstellung. Gegen Ende meines vierstündigen Besuchs kehrte ich wieder zum Ausgangspunkt zurück. Die Okapis waren jetzt in einem anderen Gehege, das Publikum konnte sie aus der Nähe betrachten, und mir blieb nur noch, einzelne Teile dieser Tiere zu fotografieren. Hälse, Läufe, Ärsche. Das Wesen des Okapis.

Heidi

3. Woche 2011

In Berlin lagen überall Weihnachtsbäume auf den Gehwegen. Alle ohne Wurzelballen. Abgesägt, benutzt und weggeworfen. Arme Bäume, kaltherzige Menschen, dachte ich unvernünftigerweise. Ich fragte den Taxifahrer, ob die Müllabfuhr die Weihnachtsbäume einsammeln würde. Ja, aber wohl erst nach dem 15. Januar. Es war um einiges wärmer als bei meinem ersten Besuch in dieser Stadt, vor einem Monat. Gefühlte zwanzig Grad, ich kam mir vor wie im Frühling. »Aber der Winter ist noch lange nicht vorbei«, sagte der Taxifahrer drohend. Kurz darauf fragte ich ihn, ob das Gebiet um den neuen Hauptbahnhof schon lange eine Baustelle sei. Nein, natürlich nicht, hier habe ja früher die Mauer gestanden. Er zeigte auf die Spree und erklärte, dort seien Menschen erschossen worden. Vielleicht glaubte er, ich käme von den Tuvalu-Inseln.

Am Abend und in der Nacht hatten sich die Gespräche um die üblichen Themen gedreht: Bücher und das Übersetzen von Büchern, miese, gemeine Rezensenten, miese, gemeine Zeitungen und Zeitschriften, miese Marketingtricks mieser gemeiner Verlage, Ramsey Nasr. Mit anderen Worten, um die Dinge, über die man in der Literaturszene so spricht, wenn man unter sich ist. An meiner Ecke des Eßtischs sprachen wir allerdings hauptsächlich über das bemerkenswerte Talent der Deutschen, bestimmte Tiere weltweit in die

Nachrichten zu bringen. Knut und Oktopus Paul. Und kaum ist Knut ausgewachsen und Paul tot, erobert schon wieder ein neues Tier die Welt. Heidi, das schielende Opossum. Wo wohnt Heidi eigentlich? fragte ich meine Tischdamen. Das wußten sie nicht, das mußte kurz gegoogelt werden. Aha, Leipzig, und Heidi hat auch eine Schwester, die Naira heißt. Die beiden stammen aus den USA, wo sie als Waisen in einem Tierheim großgezogen worden sind. Naira schielt übrigens nicht. Heidi ist unwiderstehlich. Aber auf meine wichtigste Frage bekam ich keine Antwort, niemand konnte erklären, warum weltberühmte Tiere fast immer in Deutschland wohnen. Deshalb wechselten wir bald zu einem anderen Thema, zur Etymologie von *mierikswortel* und Meerrettich, wir hatten nämlich Meerrettichsuppe gegessen. Damit waren wir bis zum Nachtisch glücklich.

Nachwort

Das Umschlagfoto eines Buches über die Flutkatastrophe von 1953 ist eins der Bilder, die bei mir einen tiefen Eindruck hinterlassen haben, als ich ein kleiner Junge war. Auf dem Foto ist vor allem Wasser zu sehen. Ein paar Sträucher und eine Brücke lassen den Verlauf einer Straße erahnen. Auf der überfluteten Straße stehen zwei dicke Gäule fast bis zum Bauch im Wasser, die Hintern in den Wind gedreht. Im Buch weitere Fotos von Pferden und anderen (toten) Tieren. Und Sätze wie dieser: *Pferde, treue Freunde des seeländischen Bauern. Sie starben oft vergebens, quälten sich, bis zum Hals im Wasser, vor schwer beladenen Fuhrwerken oder blieben hungernd und verwirrt in verlassenen Dörfern zurück.* Ich kann solche Fotos und Texte nicht ohne einen dicken Kloß im Hals sehen und lesen, und viele Jahre später wäre ich wegen eines Gauls wie auf den Bildern fast in ein Häuschen neben einem großen Bauernhof im rauhen Norden Frieslands gezogen. Das Pferd stand in der Stallscheune, durfte fast schon wieder nach draußen (es war März) und fraß vier große Wintermöhren. Ich bin dann doch nicht in das Häuschen gezogen, weil es kein Stall war und weil ich noch rechtzeitig merkte, daß es in der Gegend viel stürmt und das Grundstück keinen Fernseh- und Internetanschluß hatte.

Ich fürchte, ich gehöre zu den Leuten, die in Fernsehberichten über Naturkatastrophen oder auf entsprechenden Zeitungsfotos zunächst nur die Tiere sehen und erst danach die verstörten Menschen. Vermutlich hängt das damit zusammen, daß die Tiere nichts von dem begreifen, was ihnen geschieht, und auch nichts dagegen tun können. Noch etwas anderes fällt mir ein: ein Brand auf einem Bauernhof. Wir auf unseren Rädern hinter der Feuerwehr her, vier Kilometer in rasendem Tempo. Bestimmt hatten sich alle Menschen und Kühe rechtzeitig in Sicherheit gebracht oder waren in Sicherheit gebracht worden, daran kann ich mich kaum erinnern. Und dann kam ein Feuerwehrmann im Laufschritt aus dem Stall, neben und hinter ihm quoll dichter Rauch heraus. Der Mann trug einen kleinen Käfig. In dem Käfig saßen zwei Kanarienvögel. Sie lebten, obwohl sie sicher fast erstickt wären. Solche Dinge bleiben mir im Gedächtnis.

Die Texte in diesem Buch sind – bis auf die Geschichte *Betsie, Trudie, Trijnie und Bert* – schon früher an anderer Stelle zu lesen gewesen, als Kolumnen im *Groene Amsterdammer* oder als Beitrag in meinem Blog, also in anderen Zusammenhängen und Umgebungen. Deshalb wurden vor allem die Blog-Texte für das Buch gründlich bearbeitet. Das Blog wird täglich von höchstens hundert Menschen gelesen, einer kleinen Gruppe von Leuten, die meine Seiten regelmäßig besuchen und eine wie auch immer verstandene »Beziehung« zu ihrem Autor (aufgebaut) haben. Das Internet gilt immer noch als kurzlebiges Medium, und das ist es seiner Natur nach auch. Wenn es jemandem einfallen sollte, die Texte in diesem Buch mit den archivierten Blog-Beiträgen zu vergleichen, dann würde er feststellen, daß viele Namen verschwunden sind; daß etliche Verweise auf Aktuelles, im ursprünglichen Zusammenhang sinnvoll, entfernt wurden; daß ganze Abschnitte komplett entfallen sind, obwohl sie früher nicht ohne Bedeutung waren. Dieses Buch sollte ein Tiertagebuch werden, nicht das Tagebuch von Gerbrand Bakker. Hier und da gibt es Überschneidungen; aus einer Beobachtung in einem Blog-Text kann sich manchmal eine Kolumne entwickeln. Solche Überschneidungen wurden mit

Absicht nicht eliminiert, gerade weil sie sichtbar machen, wie zuweilen das eine aus dem anderen entsteht.

Erläuterungen

Thialf (S. 13) ist der Name eines Eisstadions in Heerenveen (Friesland), in dem bereits zahlreiche Europa- und Weltmeisterschaften im Eisschnellauf ausgetragen wurden.

Artis (S. 16 u. a.), die Abkürzung von Natura Artis Magistra, ist die gängige Bezeichnung für den Zoo von Amsterdam.

Die Veluwe (S. 39 u. a.) in der Provinz Gelderland ist das größte Waldgebiet der Niederlande.

Mit der Bemerkung über die niederländischen Autoren Thomas Rosenboom und Arthur Japin (S. 48) wird auf deren Romane *Neue Zeiten* (deutsch 2004) beziehungsweise *Der Schwarze mit dem weißen Herzen* (deutsch 1999) angespielt.

Das Witsen-Haus in Amsterdam (S. 74) war das Wohnhaus des niederländischen Malers, Grafikers und Fotografen Willem Witsen.

Mit Reve (S. 81) ist der Schriftsteller Gerard Kornelis van het Reve gemeint, der zu den bedeutendsten niederländischen Autoren des 20. Jahrhunderts gezählt wird.

Godfried Bomans (S. 92) war ein in den sechziger und siebziger Jahren sehr populärer niederländischer Schriftsteller.

Gieser Wildeman (S. 92) ist eine Kochbirnensorte.

Der 4. Mai (S. 109), der Vortag des Bevrijdingsdag (am 5. Mai 1945 wurde die Kapitulation der deutschen Truppen in den Niederlanden ausgehandelt), ist der niederländische Volkstrauertag (Nationale Dodenherdenking).

Staatsbosbeheer (S. 109) ist die staatliche Forstverwaltung der Niederlande, zugleich eine Art Natur- und Landschaftsschutzbehörde.

Hans Warren (S. 116) war ein niederländischer Lyriker, der allerdings hauptsächlich durch seine seit den achtziger Jahren veröffentlichten Tagebücher bekannt wurde.

Rien Poortvliet (S. 132) war ein populärer Maler, Zeichner und Autor von Tier-, Jagd- und Kinderbüchern, in Deutschland vor allem durch seine Heinzelmännchen-Bücher bekannt.

Im »Dunkelzelt« (S. 141) des Schweizerischen Blinden- und Sehbehindertenverbandes finden – unter anderem bei den Solothurner Literaturtagen – Dichterlesungen und andere kulturelle Veranstaltungen statt. Die Gäste werden von Blinden und Sehbehinderten in das völlig abgedunkelte Zelt geführt; bei den Lesungen werden wegen der Dunkelheit Werkausschnitte von Tonträgern abgespielt.

Ramsey Nasr (S. 147) ist ein niederländischer Dichter, Essayist, Übersetzer, Schauspieler und Regisseur palästinensisch-niederländischer Herkunft.

Register